新潮文庫

かもめ・ワーニャ伯父さん

チェーホフ
神西　清訳

目次

かもめ・ワーニャ伯父さん

かもめ

――喜劇 四幕――

人物

アルカージナ（イリーナ・ニコラーエヴナ）　とつぎ先の姓はトレープレヴァ、女優
トレープレフ（コンスタンチン・ガヴリーロヴィチ）　その息子、青年
ソーリン（ピョートル・ニコラーエヴィチ）　アルカージナの兄
ニーナ（ミハイロヴナ・ザレーチナヤ）　若い処女、裕福な地主の娘
シャムラーエフ（イリヤー・アファナーシエヴィチ）　退職中尉《ちゅうい》、ソーリン家の支配人
ポリーナ（アンドレーエヴナ）　その妻
マーシャ　その娘
トリゴーリン（ボリース・アレクセーエヴィチ）　文士
ドールン（エヴゲーニイ・セルゲーエヴィチ）　医師
メドヴェージェンコ（セミョーン・セミョーノヴィチ）　教員
ヤーコフ　下男
料理人
小間使

ソーリン家の田舎屋敷でのこと。――三幕と四幕のあいだに二年間が経過

第一幕

ソーリン家の領地内の廃園の一部。広い並木道が、観客席から庭の奥のほうへ走って、湖に通じているのだが、家庭劇のため急設された仮舞台にふさがれて、湖はまったく見えない。仮舞台の左右に灌木《かんぼく》の茂み。椅子《いす》が数脚、小テーブルが一つ。

日がいま沈んだばかり。幕のおりている仮舞台の上には、ヤーコフほか下男たちがいて、咳《せき》ばらいや槌《つち》音が聞える。散歩がえりのマーシャとメドヴェージェンコ、左手から登場。

メドヴェージェンコ　あなたは、いつ見ても黒い服ですね。どういうわけです?

マーシャ　わが人生の喪服なの。あたし、不仕合せな女ですもの。

メドヴェージェンコ　なぜです?　(考えこんで) わからんですなあ。……あなたは健康だし、お父さんにしたって金持じゃないまでも、暮しに不自由はないし。僕なんか、あなたに比べたら、ずっと生活は辛《つら》いですよ。月に二十三ルーブリしか貰《もら》ってないのに、そのなかから、退職積立金を天引きされるんですからね。それだって僕は、喪服なんか着ませんぜ。(ふたり腰をおろす)

マーシャ　お金のことじゃないの。貧乏人だって、仕合せにはなれるわ。

メドヴェージェンコ　そりゃ、理論ではね。だが実際となると、そうは行かない。僕に、おふくろ、妹がふたり、それに小さい弟――それで月給がただの二十三ルーブリ。まさか食わず飲まずでもいられない。お茶も砂糖もいりますね。タバコもいる。そこでキリキリ舞いになる。

マーシャ　（仮舞台のほうを振向いて）もうじき幕があくのね。

メドヴェージェンコ　そう。出演はニーナ嬢で、脚本はトレープレフ君の書きおろし。ふたりは恋仲なんだから、今日はふたりの魂が融合して、同じ一つの芸術的イメージを、ひたすら表現しようという寸法でさ。ところが僕とあなたの魂には、共通の接点がない。僕はあなたを想《おも》っています。恋しさに家《うち》にじっとしていられず、毎日一里半の道を、てくてくやって来ては、また一里半帰っていく。その反対給付といえば、あなたのそっけない顔つきだけです。それも無理はない。僕には財産もなし、家族は大ぜいときてますからね。食うや食わずの男と、誰が好きこのんで結婚なんかするものか？

マーシャ　つまらないことを。（かぎタバコをかぐ）お気持はありがたいと思うけれど、それにお応《こた》えできないの。それだけのことよ。（タバコ入れを差出して）いかが？

メドヴェージェンコ　欲しくないです。(間)

マーシャ　蒸し蒸しすること。晩《おそ》くなって、ごろごろザーッときそうね。あなたはしょっちゅう、理屈をこねるか、お金の話か、そのどっちかなのね。あなたに言わせると、貧乏ほど不仕合せなものはないみたいだけれど、あたしなんか、ボロを着て乞食《こじき》ぐらしをしたほうが、どんなに気楽だか知れやしないわ。……あなたには、わかってもらえそうもないけど……

右手から、ソーリンとトレープレフ登場。

ソーリン　(ステッキにもたれながら)わたしはどうも、田舎《いなか》が苦手でな、この分じゃてっきり、一生この土地には馴染《なじ》めまいよ。ゆうべは十時に床へはいって、けさ九時に目がさめたが、あんまり寝すぎたもんで、脳みそが頭蓋骨《ずがいこつ》に、べったりくっついたような気がした――とまあいった次第でな(笑う)。ところが昼めしのあとで、ついまた寝こんじまって、今じゃ全身へとへとへと、夢にうなされてるみたいな気持さ、早い話がね……

トレープレフ　そりゃもちろん、伯父さんは都会に住む人ですよ。(マーシャとメドヴェージェンコを見て）皆さん、始まる時には呼びますよ。今ここにいられちゃ困るな。暫時《ざんじ》ご退場を願います。

ソーリン　（マーシャに）ちょいとマーシャさん、あの犬の鎖を解いてやるように、ひとつパパにお願いしてみてはくださらんか。やけに吠《ほ》えるでなあ。おかげで妹は、夜っぴてまた寝られなかった。

マーシャ　ご自分で父におっしゃってくださいまし、あたしはご免こうむります。あしからず。（メドヴェージェンコに）さ、行きましょう！

メドヴェージェンコ　（トレープレフに）じゃ、始まる前に、知らせによこしてください。

ふたり退場。

ソーリン　すると、夜どおしまた、吠えられるのか。さあ、事だぞ。わたしは田舎へ来て、思う通りの暮しのできた例《ため》しがない。前にゃよく、二十八日の休暇を取っちゃ、ここへやって来たもんだ。骨休めや何やら——とまあいった次第でな。ところが、くだらんことに責め立てられて、着いたその日から、逃げ出したくなったよ（笑う）。引揚げる時にゃ、やれやれと思ったもんだ。……だが今じゃ、役を退《ひ》いてしまって、ほかに居場所がない――早い話がね。いやでも、ここに釘《くぎ》づけだ……

ヤーコフ　（トレープレフに）若旦那《わかだんな》、〔わっしら〕ちょいと一浴びしてきます。

トレープレフ　いいとも。だが十分したら、みんな持ち場にいてくれよ。（時計を見て）もうじき始まりだからな。

ヤーコフ　承知しやした。（退場）

トレープレフ　（仮舞台を見やりながら）さあ、これが僕の劇場だ。カーテン、袖《そで》が一つ、袖がもう一つ――その先は、がらんどうだ。書割りなんか、一つもない。いきなりパッと、湖と地平線の眺めが開けるんだ。幕あきは、きっかり八時半。ちょうど月の出を目がけてやる。

ソーリン　結構だな。

トレープレフ　万一ニーナさんが遅刻しようもんなら、舞台効果は吹っ飛んじまう。もうくる時分だがなあ。あのひとは、お父さんやまま母の見張りがきびしいもんで、家《うち》を抜け出すのは、牢《ろう》破りも同様、むずかしいんですよ。（伯父のネクタイを直してやる）伯父さんは、頭も髯《ひげ》ももじゃもじゃだなあ。ひとつ、刈らせるんですね。……

ソーリン　（髯をしごきながら）これで一生、たたられたよ。わたしは若い時分から、飲んだくれそっくりの風采《ふうさい》――とまあいった次第でな。ついぞ女にもてた例《ため》しがない。

（腰かけながら）妹のやつ、なぜああ、おかんむりなんだろう？

トレープレフ　なぜかって？　淋《さび》しいんですよ。（ならんで腰をおろしながら）妬《や》けるんでさ。おっ母《か》さんはてんからもう、この僕にも、今日の芝居にも、僕の脚本にも、反感を持ってるんだ。というのも、演《や》るのが自分じゃなくて、あのニーナさんだからなんです。僕の脚本も見ない先から、眼の敵《かたき》にしてるんだ。

ソーリン　（笑う）まさか、そう気を回さんでも……

トレープレフ　おっ母さんはね、この小っぽけな舞台で喝采《かっさい》を浴びるのが、あのニーナさんで、自分じゃないのが、癪《しゃく》のたねなんですよ。（時計を見て）ちょいと心理的な変り種でね――おっ母さんは。そりゃ才能もある、頭もいい、小説本を読みながら、めそめそ泣くのも得意だし、ネクラーソフの詩だって、即座に残らず暗誦《あんしょう》できるし、病人の世話をさせたら――エンジェルもはだしですよ。ところが、例しにあの人の前で、エレオノラ・ドゥーゼでも褒《ほ》めてごらんなさい。事ですぜ！　褒めるなら、あのひとのことだけでなくてはならん。劇評も、あの人のことだけ書けばいい。『椿姫《つばきひめ》』だの『人生の毒気』（訳注　ロシア十九世紀の傾向的作家マルケーヴィチの戯曲）だのをやる時のあの人の名演技を、わいわい騒ぎ立てたり、感激したりしなくてはならん。ところが、この田舎にゃ、そういう麻酔剤がない。そこで、淋しいもんだから苛々《いらいら》する。われわれがみんな悪者で、親のカタキだということになる。おまけに、あの人は御幣《ごへい》かつぎで、三本蠟燭《ろうそく》（訳注　死人のほとりを照らす習慣）をこわがる、十三日と聞くと顔いろを変える。しかも、けちんぼときている。オデッサの銀行に、七万も預けてあることは——僕ちゃんと知ってるんだ。だのに、ちょいと貸してとでも言おうもんなら、めそめそ泣きだす始末だ。

ソーリン　お前さんは、自分の脚本がおっ母さんの気に入らんものと、頭から決めこんで、しきりにむしゃくしゃ——とまあいった次第だがな。案じることはないさ——おっ母さんは、君を崇拝しているよ。

トレープレフ　（小さな花の弁をむしりながら）好き——嫌《きら》い、好き——嫌い、好き——嫌い。（笑う）そうらね、おっ母さんは僕が嫌いだ。あたり前さ！　あの人は生きたい、恋がしたい、派手な着物が着たい。ところがこの僕が、もう二十五にもなるもんだから、おっ母さんは厭《いや》でも、自分の年を思い出さざるを得ない。僕がいなけりゃ、あの人は三十二でいられるが、僕がいると、とたんに四十三になっちまう。だから僕が苦手なんですよ。それにあの人は、僕が劇場否定論者だということも知っている。あの人は劇場が大好きで、あっぱれ自分が、人類だの神聖な芸術だのに、奉仕しているつもりなんだ。ところが僕に言わせると、当世の劇場というやつは、型にはまった因襲にすぎない。こう幕があがると、晩がたの照明に照らされた三方壁の部屋のなかで、神聖な芸術の申し子みたいな名優たちが、人間の食ったり飲んだり、惚《ほ》れたり歩いたり、背広を着たりする有様を、演じてみせる。ところで見物は、そんな俗悪な場面やセリフから、なんとかしてモラルをつかみ出そうと血まなこだ。モラルと言っても、ちっぽけな、手っとり早い、ご家庭にあって調法——といった代物《しろもの》ばかりさ。そいつが手を変え品を変えて、百ぺん千べん、いつ見ても種は一つことの繰返しだ。そいつを見ると僕は、モーパッサンみたいに、ワッと逃げ出すんです。エッフェル塔の俗悪さがやりきれなくなって、命からがら逃げ出したモーパッサン（訳注　その小説『さすらい』参照）みたいにね。

ソーリン　劇場がないじゃ、話になるまい。

トレープレフ　だから、新しい形式が必要なんですよ。新形式がいるんで、もしそれがないんなら、いっそ何にもないほうがいい。（時計を見る）僕は、おっ母さんが好きです、とても好きです。だが、あの人の生活は、なんぼなんでも酷《ひど》すぎる。しょっちゅう、あの小説家のやつとべたべたしちゃ、のべつ新聞に浮名をながしている。これにゃまったく閉口ですよ。時によると、人間の悲しさで、僕だって人なみのエゴイズムが、むらむらっと起きることもある。つまり、うちのおっ母さんが有名な女優なのが、くやしくなるんです。もし普通の女でいてくれたら、僕もちっとは幸福だったろうにな、ってね。ね伯父さん、これほど情けない、ばかげた境遇があるもんでしょうか。おっ母さんの客間には、よく天下のお歴々がずらり顔をならべたもんです――役者とか、文士とかね。そのなかで僕一人だけが、名も何もない雑魚《ざこ》なんだ。同席を許してもらえるのも、僕があの人の息子《むすこ》だからというだけのことに過ぎん。僕は一体誰だ？　どこの何者だ？　大学を三年で飛び出した。理由は、新聞や雑誌の社告によくある、例の「さる外部事情のため」（訳注　当時の雑誌などが、思想の弾圧のため発禁になった時に使う慣用句）って奴《やつ》でさ。しかも、これっぱかりの才能もなし、一文だって金はなし、おまけに旅券にゃ――キーエフの町人と書いてある。なるほどうちの親父《おやじ》は、有名な役者じゃあったが、元をただせばキーエフの町人に違いない。といったわけで、おっ母さんの客間で、天下の名優や大作家れんが、仁慈の眼《まなこ》を僕にそそいでくれるごとに、僕はまるで、相手の視線でこっちの小っぽけさ加減を、計られてるみたいな気がした、――向うの気持を推量して、肩身の狭い思いをしたもんですよ……

ソーリン　事のついでに、ちょっと聞かしてもらうが、あの小説家は全体何者かね？　どうも得体の知れん男だ。むっつり黙りこんでてな。

トレープレフ　あれは、頭のいい、さばさばした、それにちょいとその、メランコリックな男ですよ。なかなかりっぱな人物でさ。まだ四十には間《ま》があるのに、その名は天下にとどろいて、何から何まで結構ずくめのご身分だ。……書くものはどうかと言うと……さあ、なんと言ったらいいかなあ？　人好きのする才筆じゃあるけれど……が、しかし……トルストイやゾラが出たあと、トリゴーリンを読む気にゃどうもね。

ソーリン　ところでわたしは、文士というものが好きでな。むかしはこれでも、あこがれの的が二つあった。女房をもらうことと、文士になることなんだが、どっちも結局だめだったな。そう。小っちゃな文士だっても、なれりゃ面白かろうて、早い話がな。

トレープレフ　(耳をすます) 足音が聞える。……(伯父を抱いて) 僕は、あの人なしじゃ生きられない。……あの足音までがすばらしい。……僕は、めちゃめちゃに幸福だ！　(足早に、ニーナを迎えに行く。彼女登場) さあ、可愛《かわい》い魔女が来た、僕の夢が……

ニーナ　(興奮のていで) あたし、遅れなかったわね。……ね、遅れやしないでしょう。

トレープレフ　(女の両手にキスしながら) ええ、大丈夫、大丈夫……

ニーナ　一日じゅう心配だった、どきどきするくらい！　父が出してはくれまいと、気が気じゃなかったわ。……でも父は、今しがた継《は》母《は》といっしょに出かけたの。空が赤くって、月がもう出そうでしょう。で、あたし、一生けんめい馬を追い立てて来たの。（笑う）でも、嬉《うれ》しいわ。（ソーリンの手を握りしめる）

ソーリン　（笑って）どうやらお目《めめ》を、泣きはらしてござる。……ほらほら！　悪い子だ！

ニーナ　ううん、ちょっと。……だって、ほら、こんなに息がはずんでるんですもの。三十分したら、あたし帰るわ、大急ぎなの。後生だから引きとめないでね。ここへ来たこと、父には内緒なの。

トレープレフ　ほんとに、もう始める時刻だ。みんなを呼んでこなくちゃ。

ソーリン　では、わたしがちょっくら、とまあいった次第でな。はいはい、ただ今。（右手へ行きながら歌う）「フランスをさして帰る、兵士のふたりづれ」（訳注　ハイネの『ふたりの擲弾兵』より）……（振返って）いつぞや、まあこういった具合に歌いだしたらな、ある検事補のやつめが、こう言

いおった――「いや閣下、なかなか大した喉《のど》ですな」……そこで先生、ちょいと考えて、こう付け足したよ――「しかし……厭《いや》なお声で」（笑って退場）

ニーナ　父も継母《はは》も、あたしがここへくるのは反対なの。ここは、ボヘミアンの巣窟《そうくつ》だって……あたしが女優にでもなりゃしまいかと、心配なのね。でもあたしは、この湖に惹《ひ》きつけられるの、かもめみたいにね。……胸のなかは、あなたのことでいっぱい。（あたりを見回す）

トレープレフ　僕たちきりですよ。

ニーナ　誰かいるみたいだわ……

トレープレフ　いやしない。（接吻《せっぷん》）

ニーナ　これ、なんの木？

トレープレフ　にれの木。

ニーナ　どうして、あんなに黒いのかしら？

トレープレフ　もう晩だから、物がみんな黒く見えるのです。そう急いで帰らないでください、後生だから。

ニーナ　だめよ。

トレープレフ　じゃ、僕のほうから行ったらどう、ニーナ？　僕は夜どおし庭に立って、あなたの部屋の窓を見てるんだ。

ニーナ　だめ、番人にみつかるわ。それにトレゾール《うちのいぬ》は、まだお馴染《なじみ》じゃないから、きっと吠えてよ。

トレープレフ　僕は君が好きだ。

ニーナ　シーッ。

トレープレフ　（足音を耳にして）誰だ？　ヤーコフ、お前か？

ヤーコフ　（仮舞台のかげで）へえ、さようで。

トレープレフ　みんな持ち場についていてくれ。時刻だ。月は出たかい？

ヤーコフ　へえ、さようで。

トレープレフ　アルコールの用意はいいね？　硫黄《いおう》もあるね？　紅い目玉が出たら、硫黄の臭《にお》いをさせるんだ。（ニーナに）さ、いらっしゃい、支度はすっかりできています。……興奮《あが》ってますね？……

ニーナ　ええ、とても。あなたのママは――平気ですわ、こわくなんかない。でも、トリゴーリンが来てるでしょう。……あの人の前で芝居をするのは、あたしこわいの、恥ずかしいの。……有名な作家ですもの。……若いかた？

トレープレフ　ええ。

ニーナ　あの人の小説、すばらしいわ！
トレープレフ　（冷やかに）知らないな、読んでないから。
ニーナ　あなたの戯曲、なんだか演《や》りにくいわ。生きた人間がいないんだもの。
トレープレフ　生きた人間か！　人生を描くには、あるがままでもいけない、かくあるべき姿でもいけない。自由な空想にあらわれる形でなくちゃ。
ニーナ　あなたの戯曲は、動きが少なくて、読むだけなんですもの。戯曲というものは、やっぱり恋愛がなくちゃいけないと、あたしは思うわ……（ふたり、仮舞台のかげへ去る）

ポリーナとドールン登場。

ポリーナ　しめっぽくなってきたわ。引返して、オーバシューズをはいてらしたら？
ドールン　僕は暑いんです。
ポリーナ　それが、医者の不養生よ。頑固《がんこ》というものよ。職掌がら、しめっぽい空気がご自分に毒なことぐらい、百も承知でいらっしゃるくせに、まだ私をやきもきさせたいのねえ。ゆうべだって、わざと一晩じゅう、テラスに出てらしたり……

ドールン　（口ずさむ）「言うなかれ、君、青春を失いしと」（訳注　ネクラーソフの詩の一節）
ポリーナ　あなたは、アルカージナさんと話に身が入りすぎて……つい寒いのも忘れてらしたのね。白状なさい、あのひと、お好きなのね……
ドールン　僕は五十五ですよ。
ポリーナ　そんなこと——男の場合、年寄りのうちに、はいらないわ。まだそのとおりの男前なんだから、結構おんなに持てますわ。
ドールン　そこで、どうしろとおっしゃる？
ポリーナ　相手が女優さんだと、いつだって平蜘蛛《ぐも》みたい。いつだってね！
ドールン　（口ずさむ）「われふたたび、おんみの前に、恍惚《こうこつ》として立つ」（訳注　ネクラーソフの詩の一節）……よしんば世間が、役者をひいきにして、商人なんかと別扱いにするとしても、まあ理の当然ですな。それが——理想主義というもので。
ポリーナ　女のひとが、いつもあなたに惚れこんで、首っ玉にぶらさがってきた。これもその、理想主義ですの？
ドールン　（肩をすくめて）へえね？　婦人がたは、結構僕を尊重してくれましたよ。それも主として、腕のいい医者としてでしたな。十年、十五年まえには、ご承知のとおりこの僕も、郡内でたった一人の、産科医らしい産科医でしたからね。それに僕は、実直な男だったし。

ポリーナ （男の手をとらえる）ねえ、あなた！

ドールン シッ、ひとが来ます。

アルカージナがソーリンと腕を組んで、つづいてトリゴーリン、シャムラーエフ、メドヴェージェンコ、マーシャが登場。

シャムラーエフ 〔一八〕七三年のポルタヴァの定期市《いち》で、あの女優はすばらしい芸を見せましたっけ。ただ驚嘆の一語に尽きます！ 名人芸でしたな！ それから、これも次手《ついで》に伺いたいですが、喜劇役者のチャージン――あのパーヴェル・セミョーヌイチですが、あれは今どこにいますかな？ ラスプリューエフ（訳注 スホーヴォ・コブイリンの喜劇『クレチンスキイの結婚』中の人物）を演《や》らせたら天下無類でね、サドーフスキイ（訳注 モスクワ小劇場の名優、一八七二年死）より上でしたな。いやまったくですよ、奥さん。あわれ彼、今いずくにか在る？

アルカージナ あなたはいつも、大昔の人のことばかりお訊《き》きになるのね。わたしが知るもんですか！ （腰をおろす）

シャムラーエフ （ふーっとため息をして）パーシカ・チャージン！ 今じゃあんな役者

はいない。舞台の下落ですな、アルカージナさん！　昔は亭々《ていてい》たる大木ぞろいだったものだが、今はもう切株ばかしでね。

ドールン　いかにも、光輝さんぜんたる名優は少なくなった。だがその代り、中どころの役者は、ずっとよくなったです。

シャムラーエフ　お説には賛成しかねますな。もっとも、これは趣味の問題で。De《み》 gustibus aut bene, aut nihil《るひとのこころごころに》です。（訳注　この引用句は、ラテンのことわざを二つ、つきまぜたおかしみがある）

トレープレフ、仮舞台のかげから登場。

アルカージナ　（息子に）ねえ、うちの坊っちゃん、一体いつ幕があくの？

トレープレフ　もうすぐです。ざんじご猶予《ゆうよ》。

アルカージナ　（『ハムレット』のセリフで）おお、ハムレット、もう何も言うてたもるな！　そなたの語《ことば》で初めて見たこの魂のむさくろしさ。何《なん》ぼうしても落ちぬ程《ほど》に、黒々と沁込《しみこ》んだ心の穢《けが》れ！（訳注　第三幕第四場逍遥の訳による）

トレープレフ　（『ハムレット』のセリフで）いや、膏《あぶら》ぎった汗臭い臥床《ふしど》に寝《まろ》びたり、豕《いのこ》同然の彼奴《あいつ》と睦言《むつごと》……（訳注　おなじく。ただしこのくだり、チェーホフはかなり上品に言い直されたロシア訳を踏襲している。いま訳者は、シェイクスピアの原意に近い逍遥訳を採った）

仮舞台のかげで角笛の音。

トレープレフ　さあ皆さん、始まります。静粛にねがいます。（間）では、まず私から。（細身の杖《つえ》を突き鳴らし、大声で）おお、なんじら、年ふりし由緒《ゆいしょ》ある影たちよ。夜ともなれば、この湖の上をさまよう影たちよ。わたしたちを寝入らせてくれ。そして、二十万年のちの有様を、夢に見させてくれ！

ソーリン　二十万年したら、なんにもないさ。

トレープレフ　だから、そのないところを見させるんですよ。

アルカージナ　どうともご随意に。わたしたちは寝るから。

幕があがって、湖の景がひらける。月は地平線をはなれ、水に反映している。大きな岩の上に、全身白衣のニーナが坐《すわ》っている。

ニーナ　人も、ライオンも、鷲《わし》も、雷鳥も、角を生《は》やした鹿《しか》も、鵞鳥《がちょう》も、蜘蛛《くも》も、水に棲《す》む無言の魚《さかな》も、海に棲むヒトデも、人の眼に見えなかった微生物も、――つまりは一切の生き物、生きとし生けるものは、悲しい循環《めぐり》をおえて、消え失《う》せた。……もう、何千世紀というもの、地球は一つとして生き物を乗せず、あの哀れな月だけが、むなしく灯火《あかり》をともしている。今は牧場《まきば》に、寝ざめの鶴《つる》の啼《な》く音《ね》も絶えた。菩提樹《ぼだいじゅ》の林に、こがね虫の音《ね》ずれもない。寒い、寒い、寒い。うつろだ、うつろだ、うつろだ。不気味だ、不気味だ、不気味だ。(間) あらゆる生き物のからだは、灰となって消え失せた。永遠の物質が、それを石に、水に、雲に、変えてしまったが、生き物の霊魂だけは、溶《と》け合わさって一つになった。世界に遍在する一つの霊魂――それがわたしだ……このわたしだ。……わたしの中には、アレクサンドル大王の魂もある。シーザーのも、シェイクスピアのも、ナポレオンのも、最後に生き残った蛭《ひる》のたましいも、のこらずあるのだ。わたしの中には、人間の意識が、動物の本能と溶け合っている。で、わたしは、何もかも、残らずみんな、覚えている。わたしは一つ一つの生活を、また新しく生き直している。

鬼火があらわれる。

アルカージナ　(小声で) なんだかデカダンじみてるね。

トレープレフ （哀願に非難をまじえて） お母さん！

ニーナ わたしは孤独だ。百年に一度、わたしは口をあけて物を言う。そしてわたしの声は、この空虚《うつろ》のなかに、わびしくひびくが、誰ひとり聞く者はない。……お前たち、青い鬼火も、聞いてはくれない。……夜あけ前、沼の毒気から生れたお前たちは、朝日のさすまでさまよい歩くが、思想もなければ意志もない、生命のそよぎもありはしない。お前のなかに、命の目ざめるのを恐れて、永遠の物質の父なる悪魔は、分秒の休みもなしに、石や水のなかと同じく、お前のなかにも、原子の入れ換えをしている。だからお前は、絶えず流転《るてん》をかさねている。宇宙のなかで、常住不変のものがあれば、それはただ霊魂だけだ。（間）うつろな深い井戸へ投げこまれた囚《とら》われびとのように、わたしは居場所も知らず、行く末のことも知らない。わたしにわかっているのは、ただ、物質の力の本源たる悪魔を相手の、たゆまぬ激しい戦いで、結局わたしが勝つことになって、やがて物質と霊魂とが美しい調和のなかに溶け合わさって、世界を統《す》べる一つの意志の王国が出現する、ということだけだ。しかもそれは、千年また千年と、永い永い歳《とし》つきが次第に流れて、あの月も、きららかなシリウスも、この地球も、すべて塵《ちり》と化したあとのことだ。……その時がくるまでは、怖《おそ》ろしいことばかりだ。……（間。湖の奥に、紅《あか》い点が二つあらわれる）

そら、やって来た、わたしの強敵が、悪魔が。見るも怖ろしい、あの火のような二つの目……

アルカージナ　硫黄の臭《にお》いがするわね。こんな必要があるの？

トレープレフ　ええ。

アルカージナ　（笑って）なるほど、効果だね。

トレープレフ　お母さん！

ニーナ　人間がいないので、退屈なのだ……

ポリーナ　（ドールンに）まあまあ、帽子をぬいで！　さあさ、おかぶりなさい、風邪《かぜ》を引きますよ。

アルカージナ　それはね、ドクトルが、永遠の物質の父なる悪魔に、脱帽なすったのさ。

トレープレフ　（カッとなって、大声で）芝居はやめだ！　沢山だ！　幕をおろせ！

アルカージナ　お前、何を怒るのさ？

トレープレフ　沢山です！　幕だ！　幕をおろせったら！　（とんと足ぶみして）幕だ！（幕おりる）失礼しました！　芝居を書いたり、上演したりするのは、少数の選ばれた人たちのすることだということを、つい忘れていたもんで。僕はひとの畠《はたけ》を荒し

たんだ！　僕が……いや、僕なんか……（まだ何か言いたいが、片手を振って、左手へ退場）

アルカージナ　どうしたんだろう、あの子は？

ソーリン　なあ、おっ母さん、こりゃいけないよ。若い者の自尊心は、大事にしてやらなけりゃ。

アルカージナ　わたし、あの子に何を言ったかしら？

ソーリン　だって、恥をかかしたじゃないか。

アルカージナ　あの子は、これはほんの茶番劇でと、自分で前触れしていましたよ。だからこっちも、茶番のつもりでいたんだけれど。

ソーリン　まあさ、それにしたって……

アルカージナ　ところが、いざ蓋《ふた》をあけてみたら、大層な力作だったわけなのね！　やれやれ！　あの子が、今夜の芝居を仕組んで、硫黄の臭いをぷんぷんさせたのも、茶番どころか、一大デモンストレーションだった。……あの子はわたしたちに、戯曲の作り方や演《や》り方を、教えてくれる気だったんだわ。早い話が、ま、うんざりしますよ。何かといえば、一々わたしに突っかかったり、当てこすったり、そりゃまああの子の勝手だけれど、これじゃ誰にしたってオクビが出るでしょうよ！　わがままな、自惚《うぬぼ》れの強い子だこと。

ソーリン　あの子は、お前のつれづれを慰めようと思ったんだよ。

アルカージナ　おや、そう？　そんなら、何か当り前の芝居を出せばいいのに、なぜ選《よ》りに選って、あんなデカダンのタワ言を聴《き》かせようとしたんだろう。茶番のつもりなら、タワ言でもなんでも聴いてやりましょうけれど、あれじゃ野心満々、——芸術に新形式をもたらそうとか、一新紀元を画そうとか、大した意気ごみじゃありませんか。わたしに言わせれば、あんなもの、新形式でもなんでもありゃしない。ただ根性まがりなだけですよ。

トリゴーリン　人間誰しも、書きたいことを、書けるように書く。

アルカージナ　そんなら勝手に、書きたいことを、書けるように書くがいいわ。ただ、わたしには、さわらずにおいてもらいたいのよ。

ドールン　ジュピターよ、なんじは怒《いか》れり、か……（訳注　つづいて「されば非はなんじにあり」というラテンのことわざ。ドールンはこの句で、暗にアルカージナを諷したのであろうが、彼女は気づかずに——）

アルカージナ　わたしはジュピターじゃない、女ですよ。（タバコを吸いだす）あたし、怒《おこ》ってなんかいませんよ。ただね、若い者があんな退屈な暇つぶしをしているのが、歯がゆいだけですよ。あの子に恥をかかすつもりはなかったの。

メドヴェージェンコ　何がなんでも、霊魂と物質を区別する根拠はないです。そもそも霊魂にしてからが、物質の原子の集合なのかも知れんですからね。（語気をつよめて、トリゴーリンに）で一つ、どうでしょう、われわれ教員仲間がどんな暮しをしているか——それをひとつ戯曲に書いて、舞台で演じてみたら。辛《つら》いです、じつに辛い生活です！

アルカージナ　ごもっともね。でももう、戯曲や原子のはなしは、やめにしましょうよ。こんな好《い》い晩なんですもの！　聞えて、ほら、歌ってるのが？（耳をすます）いいわ、とても！

ポリーナ　向う岸ですわ。（間）

アルカージナ　（トリゴーリンに）ここへお掛けなさいな。十年か十五年まえ、この湖じゃ、音楽や合唱がほとんど毎晩、ひっきりなしに聞えたものですわ。この岸ぞいに、地主屋敷が六つもあってね。忘れもしない、にぎやかな笑い声、ざわめき、猟銃のひびき、それにしょっちゅう、ロマンスまたロマンスでね。……そのころ、その六つの屋敷の花形《ジュヌ・プルミエ》で、人気の的だったのは、そら、ご紹介しますわ（ドールンをあごでしゃくって）——ドクトル・ドールンでしたの。今でもこのとおりの男前ですもの、そのころときたら、それこそ当るべからざる勢いでしたよ。それはそうと、そろそろ気が咎《とが》めてきた。可哀《かわい》そうに、なんだってわたし、うちの坊やに恥をかかしたのかしら？　心配だわ。（大声で）コースチャ！　せがれや！　コースチャ！

マーシャ　あたし行って、捜してみましょう。

アルカージナ　ええ、お願い。

マーシャ　（左手へ行く）ほおい！　トレープレフさん！……ほおい！（退場）

ニーナ　（仮舞台のかげから出てきながら）もう続きはないらしいから、あたし出て行ってもいいのね。今晩は！　（アルカージナおよびポリーナとキスを交す）

ソーリン　ブラボー！　ブラボー！

アルカージナ　ブラボー！　ブラボー！　みんなで、感心していたんですよ。それだけの器量と、あんなすばらしい声をしながら、田舎に引っこんでらっしゃるなんて罪ですよ。きっと天分がおありのはずよ。ね、いいこと？　舞台に立つのは、あなたの義務よ！

ニーナ　まあ、あたしの夢もそうなの！　（ため息をついて）でも、実現しっこありませんわ。

アルカージナ　そんなことあるもんですか。さ、ご紹介しましょう——こちらはトリゴーリンさん、ボリース・アレクセーエヴィチ。

ニーナ　まあ、うれしい……（どぎまぎして）いつもお作は……

アルカージナ　（彼女を自分のそばに坐らせながら）そう固くならないでもいいのよ。有名な人だけれど、気持のさっぱりしたかたですからね。ほら、あちらが却《かえ》って、あがってらっしゃるわ。

ドールン　もう幕をあげてもいいでしょうな、どうも気づまりでいかん。

シャムラーエフ　（大声で）ヤーコフ、ちょっくら一つ、幕をあげてくれんか！（幕あがる）

ニーナ　（トリゴーリンに）ね、いかが、妙な芝居でしょう？

トリゴーリン　さっぱりわからなかったです。しかし、面白く拝見しました。あなたの演技は、じつに真剣でしたね。それに装置も、なかなか結構で。（間）この湖には、魚がどっさりいるでしょうな。

ニーナ　ええ。

トリゴーリン　僕は釣りが好きでしてね。夕方、岸に坐りこんで、じっと浮子《うき》を見てるほど楽しいことは、ほかにありませんね。

ニーナ　でも、いったん創作の楽しみを味わった方には、ほかの楽しみなんか無くなるんじゃないかしら。

アルカージナ　（笑い声を立てて）そんなこと言わないほうがいいわ。このかた、ひとから持ちあげられると、尻《しり》もちをつく癖がおありなの。
シャムラーエフ　忘れもしませんが、いつぞやモスクワのオペラ座でね、有名なあのシルヴァ（訳注　イタリアの歌手）が、うんと低いドの音を出したんです。ところがその時、折も折ですな、クレムリンの合唱隊のバスうたいが一人、天井桟敷《さじき》に陣どって見物してたんですが、とつぜん藪《やぶ》から棒に、いやどうも驚くまいことか、その天井桟敷から、「ブラボー、シルヴァ！」と、やってのけた——それが完全に一オクターブ低いやつでね。……まず、こんな具合、——（低いバスで）ブラボー、シルヴァ。……満場シーンとしてしまいましたよ。（間）
ドールン　静寂《しじま》の天使とびすぎぬ。（訳注　一座が急にシーンとしたときに言うことば）
ニーナ　わたし、行かなくちゃ。さようなら。
アルカージナ　どこへいらっしゃるの？　こんなに早くから？　放しちゃあげませんよ。
ニーナ　パパが待ってますから。
アルカージナ　なんてパパでしょうね、ほんとに……（キスを交す）じゃ、仕方がないわ。お帰しするの、ほんとに残念だけれど。

ニーナ　わたしだって、おいとまするの、どんなに辛いかわかりませんわ！

アルカージナ　誰かお送りするといいんだけれど、心配よ。

ニーナ　（おどおどして）まあそんな、いいんですの！

ソーリン　（哀願するように彼女に）もっと、いてくださいよ！

ニーナ　駄目《だめ》なんですの、ソーリンさん。

ソーリン　せめて一時間——とまあいった次第でね。いいじゃありませんか、ほんとに……

ニーナ　（ちょっと考えて、涙声で）いけませんわ！（握手して、足早に退場）

アルカージナ　気の毒な娘さんだこと、まったく。人の話だと、あの子の母親が亡《な》くなる前、莫大《ばくだい》な財産を一文のこらず、すっかりご主人の名義に書きかえたんですって。それを今度はあの父親が、後添いの名義にしてしまったもので、今じゃあの子、はだか同然の身の上なのよ。ひどい話ですわ。

ドールン　さよう、あの子の親父《おやじ》さんは相当な人でなしでね、一言の弁解の余地もありませんや。

ソーリン　（冷えた両手をこすりながら）われわれもう行こうじゃありませんか、皆さん。だいぶじめじめしてきたわい。わたしゃ、脚《あし》がずきずきする。

アルカージナ　あんたの脚は、まるで木で作ったみたい。歩くのもやっとなのね。さ、参りましょう、みじめなお爺《じい》さん。（彼の腕をささえる）

シャムラーエフ　（妻に片手をさしのべて）マダーム？

ソーリン　ほら、また犬が吠《ほ》えている。（シャムラーエフに）お願いだが、なあシャムラーエフさん、あの犬を放してやるように言ってくださらんか。

シャムラーエフ　駄目ですな、ソーリンさん、穀倉に泥棒がはいると困りますからな。なにしろわたしのキビが納めてあるんでね。（並んで歩いているメドヴェージェンコに）完全に一オクターブ低いやつでね、「ブラボー、シルヴァ！」それが君、専門の歌手じゃなくて、たかが教会の歌うたいなんですからね。

メドヴェージェンコ　給料はどれくらいでしょうかね、クレムリンあたりの歌うたいだと？

ドールンのほか一同退場。

ドールン　（ひとり）ひょっとすると、おれは何にもわからんのか、それとも気がちがったのかも知れんが、とにかくあの芝居は気に入ったよ。あれには、何かがある。

あの娘が孤独のことを言いだした時や、やがて悪魔の紅《あか》い目玉があらわれた時にゃ、おれは興奮して手がふるえたっけ。新鮮で、素朴だ。……ほう、先生やって来たらしいぞ。なるべく気の引立つようなことを言ってやりたいものだ。

トレープレフ　（登場）もう誰もいない。

ドールン　僕がいます。

トレープレフ　僕を庭じゅう捜しまわってるんだ、あのマーシャのやつ。やりきれない女だ。

ドールン　ねえトレープレフ君、僕は君の芝居が、すっかり気に入っちまった。ちょいとこう風変りで、しかも終りのほうは聞かなかったけれど、とにかく印象は強烈ですね。君は天分のある人だ、ずっと続けてやるんですね。

トレープレフはぎゅっと相手の手を握り、いきなり抱きつく。

ドールン　ひゅッ、なんて神経質な。涙をためたりしてさ。……僕の言いたいのはね、いいですか――君は抽象観念の世界にテーマを仰いだですね。これは飽《あ》くまで正しい。なぜなら、芸術上の作品というものは必ず、何ものか大きな思想を表現すべきものだからです。真剣なものだけが美しい。なんて蒼《あお》い顔をしてるの！
トレープレフ　じゃあなたは――続けろと言うんですね？
ドールン　そう。……しかしね、重要な、永遠性のあることだけを書くんですな。君も知ってのとおり、僕はこれまでの生涯を、いろいろ変化をつけて、風情《ふぜい》を失わずに送ってきた。僕は満足ですよ。だが、まんいち僕が、芸術家が創作にあたって味わうような精神の昂揚《こうよう》を、ひょっと一度でも味わうことができたとしたら、僕はあえて自分をくるんでいる物質的な上《うわ》っ面《つら》や、それにくっついている一切を軽蔑《けいべつ》して、この地上からスーッと舞いあがったに相違ないな。
トレープレフ　お話中ですが、ニーナさんはどこでしょう？
ドールン　それに、もう一つ大事なのは、作品には明瞭《めいりょう》な、ある決った思想がなければならんということだ。なんのために書くのか、それをちゃんと知っていなければならん。でなくて、一定の目当てなしに、風景でも賞しながら道を歩いて行ったら、君は迷子になるし、われとわが才能で身を滅ぼすことになる。
トレープレフ　（じれったそうに）どこにいるんです。ニーナさんは？
ドールン　うちへ帰ったですよ。
トレープレフ　（絶望的に）ああ、どうしよう？　僕はあの人に会いたいんだ。……ぜひ会わなくちゃ。これから行ってこよう……

マーシャ登場。

ドールン　（トレープレフに）まあ落着きたまえ、君。
トレープレフ　とにかく行ってきます。行かなくちゃならんのです。
マーシャ　うちへおはいりになって、ねトレープレフさん。お母さまがお待ちかねよ。心配してらっしゃるわ。
トレープレフ　そう言ってください、ぼくは出かけたって。君たちみんなも、どうぞ僕をほっといてくれたまえ！　ほっといて！　あとをつけ回さないでさ！
ドールン　まあまあまあ、君……そんな滅茶《めちゃ》な。……いけないなあ。
トレープレフ　（涙声で）さようなら、ドクトル。感謝します……（退場）
ドールン　（ため息をついて）若い、若いなあ！
マーシャ　ほかに言いようがなくなると、みなさんおっしゃるのね——若い、若いって……（かぎタバコをかぐ）
ドールン　（タバコ入れを取上げて、茂みの中へ投げる）けがらわしい！　（間）うちの中では、カルタをやってるらしい。どれ、行くとするか。

マーシャ　ちょっと待って。

ドールン　なんです？

マーシャ　もう一ぺん、あなたに聞いて頂きたいことがあるの。ちょっと聞いて頂きたいの。……（興奮して）わたし、うちの父は好きじゃないけれど……あなたには、おすがりしていますの。なぜだか知らないけれど、わたし心底から、あなたが親身《しんみ》なかたのような気がしますの。……どうぞ助けてください。ね、助けて。さもないとわたし、ばかなことをしたり、自分の生活をおひゃらかして、滅茶々々にしちまうわ。……もうこれ以上わたし……

ドールン　どうしたんです？　何を助けろと言うんです？

マーシャ　わたし辛《つら》いんです。誰も、誰ひとり、この辛さがわかってくれないの！（相手の胸に頭を押しあて、小声で）わたし、トレープレフを愛しています。

ドールン　なんてみんな神経質なんだ！　なんて神経質なんだ！　それに、どこもかしこも恋ばかしだ。……おお、まどわしの湖よ、だ！（やさしく）だって、この僕に一体、何がしてあげられます、ええ？　何が？　え、何が？

——幕——

第二幕

クロケットのコート。右手奥に、大きなテラスのついた家。左手には湖が見え、太陽が反射してきらきらしている。そこここに花壇。まひる。炎暑。コートの横手、菩提樹《ぼだいじゅ》の老木のかげにベンチが一脚。それにアルカージナ、ドールン、マーシャがかけている。ドールンの膝《ひざ》には、本が開けてある。

アルカージナ （マーシャに）じゃ、立ってみましょう。（ふたり立ちあがる）こうして並んでね。あんたは二十二、わたしはかれこれその倍よ。ね、ドールンさん、どっちが若く見えて？

ドールン あなたです、もちろん。

アルカージナ そうらね……で、なぜでしょう？ それはね、わたしが働くからよ、物事に感じるからよ、しょっちゅう気を使っているからよ。ところがあんたときたら、いつも一つ所にじっとして、てんで生きちゃいない。……それにわたしには、主義があるの――未来を覗《のぞ》き見しない、というね。わたしは、年のことも死のことも、ついぞ考えたことがないわ。どうせ、なるようにしかならないんだもの。

マーシャ　わたしは、こんな気がしますの——まるで自分が、もうずっと昔から生れているみたいな。お儀式用のあの長ったらしいスカートよろしく、自分の生活をずるずる引きずってるみたいな気がね。……生きようなんて気持が、てんでなくなることだってよくありますわ。（腰をおろす）でも、くだらないわね、そんなこと。奮起一番、こんな妄念《もうねん》は叩《たた》きださなくちゃいけないわ。

ドールン　（小声で口ずさむ）「ことづてよ、おお、花々」……（訳注　グーノーの歌劇『ファウスト』第三幕、ジーベルの詠唱より）

アルカージナ　それにわたしは、イギリス人みたいにキチンとしているわ。わたしはね、いいこと、いわばピンと張りつめた気持でね、身なりだって髪かたちだって、いつもComme il faut《しゃんとして》いますよ。一あし家《うち》を出るにしたって、よしんば、ほら、こうして庭へ出る時でも、——部屋着《ブルーズ》のまま髪も結わずに、なんてことがあったかしら？　とんでもない。わたしがこうしていつまでも若くていられる

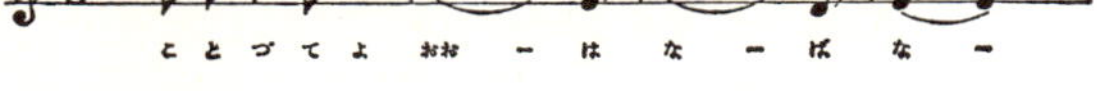

のは、そこらの連中みたいにぐうたらな真似《まね》をしたり、自分を甘やかしたりしなかったおかげですよ。……（両手を腰にあてて、コートを歩きまわる）ほらね、――ピヨピヨ雛《ひよ》っ子よ。十五の小娘にだってなって見せるわ。

ドールン　まあまあ、それはそうとして、僕は先を続けますよ。（本を手にとって）ええと、粉屋と鼠《ねずみ》のとこでしたね。……

アルカージナ　その鼠のところ。読んでちょうだい。（腰かける）でも、貸してごらんなさい、わたしが読むわ。こんどはわたし。（本をうけ取って、眼でさがす）鼠と……ああここだ。……（読む）「だからもちろん、社交界の婦人たちが小説家をちやほやして、これを身辺へ近づけるがごときは、その危険なること、粉屋が鼠を納屋《なや》に飼っておくのと一般である。にもかかわらず、小説家は依然としてヒイキにされる。かくて、女性がこれぞと思う作家に狙《ねら》いをつけて、これをサロンに手なずけておこうという段になると、彼女はお世辞、お愛想、お追従《ついしょう》の限りをつくして包囲攻撃を加える」……ふん、フランスじゃそうかも知れないけれど、このロシアじゃ、そんな目論見《もくろみ》もへったくれもありゃしない。ロシアの女はまず大抵、作家を手に入れる前に、自分のほうが首ったけの大あつあつになっちまう。いやはやだわ。手近なところで、たとえばこのわたしとトリゴーリンだっても……

ソーリンが杖《つえ》にたよりながら登場。ならんでニーナ。そのあとからメドヴェージェンコが、空っぽの肘《ひじ》かけ椅子《いす》（訳注 車のついた）を押してくる。

ソーリン　（子供をあやすような調子で）ああ、そうなの？　嬉《うれ》しくって堪《たま》らないの？今日はみんな浮き浮きってわけかな、早い話が？（妹に）嬉しいことがあるんだよ！　お父さんと、ままおっ母《か》さんが、トヴェーリへ行っちまったんで、ぼくたちまる三日というもの、のうのうと羽根がのばせるんだ。

ニーナ　（アルカージナの隣に腰かけ、彼女に抱きつく）わたしほんとに幸福！　これでもうわたし、あなた方のものですわ。

ソーリン　（自分の肘かけ椅子にかける）今日はこの人、じつにきれいだなあ。

アルカージナ　おめかしして、ほれぼれするみたい。（ニーナにキスする）でも、あんまり褒《ほ》め立てちゃいけないわ、鬼が妬《や》きますからね。トリゴーリンさんはどこ？

ニーナ　水浴び場で、釣りをしてらっしゃるの。

アルカージナ　よく飽きないものねえ！　（つづけて読もうとする）

ニーナ　それ、なんですの？

アルカージナ　モーパッサンの『水の上』よ。（二、三行ほど黙読する）ふん、あとはつまらない嘘《うそ》っぱちだ。（本を閉じる）わたし、なんだか気持が落着かない。うちの子は、一体どうしたんでしょうねえ？　どうしてあんなつまらなそうな、けわしい顔つきをしてるんだろう？　あの子はもう何日も、ぶっ続けに湖へばかり行っていて、わたしおちおち顔を見る時もないの。

マーシャ　くさくさしてらっしゃるんですわ。（ニーナに向って、おずおずと）ねえ、あの人の戯曲をどこか、読んでくださらない！

ニーナ　（肩をすくめて）あら、あれを？　とてもつまんないのよ！

マーシャ　（感激をおさえながら）あの人が自分で何か朗読なさると、眼が燃えるようにきらきらして、顔が蒼《あお》ざめてくるんですわ。憂《うれ》いをふくんだ、きれいな声で、身のこなしは詩人そっくり。

ソーリンのいびきが聞える。

ドールン　ごゆるりと！

アルカージナ　ねえ、ペトルーシャ！

ソーリン　ああ？
アルカージナ　寝てらっしゃるの？
ソーリン　いいや、どうして。

間。

アルカージナ　あなたは療治をなさらない、いけないわ、兄さん。
ソーリン　療治したいのは山々だが、このドクトルが、してやろうとおっしゃらん。
ドールン　六十の療治ですか！
ソーリン　六十になったって、生きたいさ。
ドールン　（吐き出すように）ええ！　じゃ、カノコ草《そう》の水薬（訳注　カノコ草の根から製した鎮静剤）でもやるですな。
アルカージナ　どこか、温泉にでも行ったらいいんじゃないかしら。
ドールン　ほほう？　行くのもよし、行かないのもまたよしですな。
アルカージナ　ややこしいわね。
ドールン　ややこしいも何もない。はっきりしてますよ。

間。

メドヴェージェンコ　ソーリンさんは、タバコをやめるべきでしょうな。

ソーリン　くだらん。

ドールン　いや、くだらんどころじゃない。酒とタバコは、個性を失わせますよ。シガー一本、ウオトカ一杯やったあとのあなたは、もはやソーリン氏ではなくて、ソーリン氏プラス誰かしら、なんです。自我がだんだんぼやけて、あなたは自分に対して、あたかも第三者――つまり〝彼〟に対するような態度になるわけです。

ソーリン　（笑って）あんたは勝手に理屈をならべるがいいさ。人生の盛りを楽しんだ人だからね。ところが僕はどうだ？　司法省に二十八年も勤めはしたが、まだ生活をしたことがない、何一つ味わったことがない、早い話がね。だからさ、生きたくって堪らないのは、わかりきった話じゃないですか。あんたは腹がいっぱいで、泰然と構えていなさる。それで哲学に趣味をもちなさる。ところが僕は、生きたいものだから、夕食にシェリー〔酒〕をやったり、シガーをふかしたり、とまあいった次第でさ。それだけの事ですよ。

ドールン　命というものは、もっと大事に扱うものです。六十になって療治をしたり、若い時の楽しみが足りなかったと悔んだりするのは、失礼ながら軽率というものですよ。
マーシャ　（立ちあがる）もう午食《おひる》の時間よ、きっと。（だらけた気力のない歩き方をする）足がしびれたわ。……（退場）
ドールン　ああして行って、午食の前に〔ウオトカを〕二杯ひっかけるんだ。
ソーリン　わが身に仕合せのない娘《こ》だからね、可哀《かわい》そうに。
ドールン　つまらんことを、ええ閣下。
ソーリン　そらそれが、腹いっぱい食った人の理屈さ。
アルカージナ　あーあ、およそ退屈といったら、この親愛なる田舎《いなか》の退屈さに、まさるものなしだわね！　暑くて、静かで、誰もなんにもせずに、哲学ばかりやって。……ねえ皆さん、こうしてごいっしょにいるのもいいし、お話を伺ってるのも楽しいわ。だけど……ホテルの部屋に引っこもって、書き抜きを詰めこむ時のほうが——どんなにましだか知れやしない！
ニーナ　（感激して）すばらしいわ！　わたし、わかりますわ。
ソーリン　むろん、都会のほうがいいさ。書斎に引っこんでる。取次ぎなしには誰も

ドールン 通しはせん。用事は電話……往来にゃ辻《つじ》馬車が通る、とまあいった次第でな……（口ずさむ）「ことづてよ、おお、花々」……

シャムラーエフ登場。つづいて、ポリーナ。

シャムラーエフ ほう、皆さんお揃《そろ》いだ。こんにちは！（アルカージナの手に、つづいてニーナの手に接吻《せっぷん》する）ご機嫌うるわしくて何よりです。家内の話では、あなたのお伴《とも》をして今日、町へ出かけるそうですが、ほんとでしょうか？

アルカージナ ええ、そのつもりなの。

シャムラーエフ ふむ。……それも結構ですが、しかし何に乗って行かれますかな、奥さま？　今日はライ麦を運ぶ日なので、男衆はみんな手がふさがっております。それに一体、どんな馬を使うおつもりですな、ひとつ伺いたいもんで。

アルカージナ どんな馬？　知るもんですか――そんなこと！

ソーリン うちには、よそ行きのやつがあるはずだが。

シャムラーエフ （興奮して）よそ行きの？　では、頸輪《くびわ》はどうすればいいのです？　どこから持ってくればよろしいんです？　こりゃ驚いた！　さっぱりわからん！

ねえ奥さん！　失礼ながら、わたしはあなたの才能を崇拝して、あなたのためなら、十年の命を投げだすのもいといませんが、しかし馬は絶対ご用だてできません！

アルカージナ　でも、わたしがどうしても出かけなけりゃならないとしたらどう？　妙な話だこと！

シャムラーエフ　奥さん！　あなたはわかっておいでなさらん、農家の経営というものが！

アルカージナ　（カッとして）また例の御託《ごたく》が始まった！　そんならよござんす、わたし今日すぐモスクワへ帰るから。村へ行って、馬をやとってくるよう言いつけてください。それも駄目なら、駅まで歩いて行きます！

シャムラーエフ　（カッとして）そういうことなら、わたしは辞職します！　べつの支配人をおさがしなさい！　（退場）

アルカージナ　毎とし夏になると、こうだわ。毎夏、わたしはここへ来て厭《いや》な目にあわされるんだわ！　もうここへは足ぶみもしない！　（左手へ退場。そこに水浴び場がある気持。やがて、彼女が家に歩いて行くのが見える。そのあとにトリゴーリンが、釣竿《つりざお》と手桶《ておけ》をさげてつづく）

ソーリン　（カッとして）理不尽にもほどがある！　一体なんたることだ！　つくづく

もう厭になったよ、早い話がな。即刻ここへ、ありったけの馬を出させるがいい！

ニーナ （ポリーナに）アルカージナさんのような、有名な女優さんにさからうなんて！　そのお望みとあれば、たとえ気まぐれにしたって、お宅の経営よりか大切じゃありませんの？　呆《あき》れて物も言えないわ！

ポリーナ （身も世もあらず）どうしろとおっしゃるの？　わたしの身にもなってちょうだい、どうすればいいと仰しゃるの？

ソーリン （ニーナに）さ、妹のところへ行きましょう。……みんなで、あれが発《た》って行かないように、頼んでみましょう。ね、どうです？　（シャムラーエフの去った方角を見やって）まったくやりきれん男だ！　暴君だ！

ニーナ （彼の立とうとするのを遮《さえぎ》りながら）坐《すわ》ってらっしゃい、坐って。……わたしたちがお連れしますわ。……（メドヴェージェンコと二人で椅子を押す）ああ、ほんとに厭だこと！……

ソーリン そう、まったく厭なことだ。……でもね、あの男は出て行きはしない。わたしが今すぐ、話をつけるからね。（三人退場。ドールンとポリーナだけ残る）

ドールン 厄介《やっかい》な連中だなあ。本来なら、あんたのご亭主をポイとおっぽり出せばいいものを、それがとどのつまりは、あの年寄り婆《ばあ》さんみたいなソーリン先生が、妹とふたりがかりで、詫《わ》びを入れるのが落ちですよ。まあ見てらっしゃい！

ポリーナ　あの人は、よそ行きの馬まで野良《のら》へ出したんですの。それに、こんな行き違いは毎日のことなのよ。そのためどれほどわたしが苦労するか、わかってくださったらねえ！　これじゃ病気になってしまうわ。ほらね、顫《ふる》えがついてるわ。……わたし、あの人のがさつさには愛想がつきた。（哀願するように）エヴゲーニイ、ね、大事ないとしいエヴゲーニイ、わたしを引取ってちょうだい。……わたしたちの時は過ぎてゆくわ、おたがいもう若くはないわ。せめて一生のおしまいだけでも、かくれたり、嘘《うそ》をついたりせずにいたい……（間）

ドールン　僕は五十五ですよ、今さら生活を変えようたってもう遅い。

ポリーナ　わかってるわ、そう言って逃げをお打ちになるのも、わたしのほかに、身近な女の人が、幾らもおありだからよ。みんな引取るわけにはいきませんものね。わかってますわ。こんなこと言ってご免なさい、もう飽きられてしまったのにね。

ニーナが家のほとりに現われる。彼女は花を摘む。

ドールン　そんなばかなことが。

ポリーナ　わたし、嫉妬《しっと》でくるしいのよ。そりゃ、あなたはお医者さんだから、婦人を避けるわけにはいかない。それはわかるけれど……

ドールン　(近づいて来たニーナに)どうです。あちらの様子は?

ニーナ　アルカージナさんは泣いてらっしゃるし、ソーリンさんはまた喘息《ぜんそく》よ。

ドールン　(立ちあがる)どれ行って、カノコ草の水薬でも、ふたりに飲ませるか。

……

ニーナ　(彼に花をわたして)どうぞ!

ドールン　こりゃどうも《メルシ・ビエン》。(家のほうへ行く)

ポリーナ　(いっしょに行きながら)まあ、可愛《かわい》らしい花だこと!(家のほとりで、声を押し殺して)その花をちょうだい!　およこしなさいったら!(花を受けとり、それを引きむしって、わきへ捨てる。ふたり家にはいる)

ニーナ　(ひとり)有名な女優さんが、それもあんなつまらないことで泣くなんて、どう見ても不思議だわねえ!　もう一つ不思議と言えば、名高い小説家で、世間の人気者で、わいわい新聞に書き立てられたり、写真が売りだされたり、外国で翻訳まで出ている人が、一日じゅう釣りばかりして、ダボハゼが二匹釣れたってにこにこしてるなんて、これも変てこだわ。わたし、有名な人って、そばへも寄れないほどえばりくさって、世間の人間を見くだしているものと思っていた。家柄だの財産だのを、無上のものと崇《あが》め奉《たてまつ》る世間にたいして、自分の名誉やぱりぱりの名声でもって、仕返しをする気なのだろうと思っていた。ところがどうでしょう、泣いたり、釣りをしたり、カルタをやったり、笑ったり、一向みんなと違やしない。……

ニーナ　ええ、そう。

トレープレフ　（無帽で登場。猟銃と、鷗《かもめ》の死骸《しがい》を持つ）一人っきりなの？

トレープレフ、鷗を彼女の足もとに置く。

ニーナ　どういうこと、これ？

トレープレフ　今日ぼくは、この鷗を殺すような下劣な真似《まね》をした。あなたの足もとに捧《ささ》げます。

ニーナ　どうかなすったの？　（鷗を持ちあげて、じっと見つめる）

トレープレフ　（間をおいて）おっつけ僕も、こんなふうに僕自身を殺すんです。

ニーナ　すっかり人が違ったみたい。

トレープレフ　ええ、あなたが別人みたいになって以来。あなたの態度は、がらり変ってしまいましたね。目つきまで冷たくなって、何か言うにもはっきりしない、へんな象徴みたいなものを使うのね。現にこの鷗にしたって、どうやら何かの象徴らしいけれど、ご免なさい、わたしわからないの。……(鷗をベンチの上に置く)わたし単純すぎるもんだから、あなたの考えがわからないの。

ニーナ　近ごろあなたは怒りっぽくなって、僕がいるとさも窮屈そうだ。

トレープレフ　ことの起りはね、僕の脚本があんなぶざまな羽目になった、あの晩からなんです。女というものは、失敗を赦《ゆる》しませんからね。僕はすっかり焼いちまった、切れっぱし一つ残さずにね。僕がどんなにみじめだか、あなたにわかったらなあ！　あなたが冷たくなったのが、僕は怖《おそ》ろしい、あり得べからざることのような気がする。まるで目がさめてみると、この湖がいきなり干あがっていたか、地面へ吸いこまれてしまっていたみたいだ。今しがたあなたは、単純すぎるもんだから僕の考えがわからない、と言いましたね。ああ、なんのわかることがいるもんですか?!　あの脚本が気にくわない、それで僕のインスピレーションを見くびって、あなたは僕を、そのへんにうようよしている平凡なくだらん奴《やつ》らといっしょにしてるんだ。……(とんと足ぶみして)わかってるさ、ちゃんと知ってるんだ！　僕は脳みそに、釘《くぎ》をぶちこまれたような気持だ。そんなもの、僕の血をまるで蛇《へび》みたいに吸って吸って吸いつくす自尊心もろとも、呪《のろ》われるがいいんだ。……（トリゴーリンが手帳を読みながら来るのを見て）そうら、ほんものの天才がやって来た。歩きっぷりまでハムレットだ、やっぱり本を持ってね。……（嘲弄《ちょうろう》口調で）「言葉、ことば、ことば」か……まだあの太陽がそばへこないうちから、あなたはもうにっこりして、目つきまであの光でトロンとしてしまった。邪魔はしませんよ。（足早に退場）

トリゴーリン　（手帳に書きこみながら）かぎタバコを用い、ウオトカを飲む。……いつも黒服と。教師が恋する……

ニーナ　ご機嫌よう、トリゴーリンさん！

トリゴーリン　ご機嫌よう。じつは思いがけない事情のため、われわれはどうやら今日発《た》つことになりそうです。あなたとまたいつお会いできるかどうか。いや、残念です。わたしは、ごくたまにしか若いお嬢さん――若くてしかもきれいなお嬢さんに、会う機会がないもので、十八、九の年ごろには一体どんな気持でいるものか、とんと忘れてしまって、どうもはっきり頭に浮ばんのです。だから、わたしの作品に出てくる若い娘たちは、大抵作りものですよ。わたしはせめて一時間でもいいから、あなたと入れ代りになって、あなたの物の考え方や、全体あなたがどういう人かを、とっくり知りたいと思いますよ。

ニーナ　わたしは、ちょいちょいあなたと入れ代りになってみたいわ。

トリゴーリン　なぜね？

ニーナ　有名な、りっぱな作家が、どんな気持でいるものか、知りたいからですわ。有名って、どんな気がするものかしら？　ご自分が有名だということを、どうお感じになりまして？

トリゴーリン　どうって？　まあ別になんともないでしょうね。そんなこと、ついぞ考えたこともありませんよ。（ちょっと考えて）二つのうち、どっちかですな――わたしの名声をあなたが大げさに考えているか、それとも、名声というものがおよそ実感としてピンとこないかね。

ニーナ　でも、自分のことが新聞に出ているのをご覧になったら？

トリゴーリン　褒《ほ》められればいい気持だし、やっつけられると、それから二日は不機嫌を感じますね。

ニーナ　すばらしい世界だわ！　どんなにわたし羨《うらや》ましいか、それがわかってくださったらねえ！　人の運命って、さまざまなのね。退屈な、人目につかない一生を、やっとこさ曳《ひ》きずっている、みんな似たりよったりの、不仕合せな人たちがいるかと思うと、一方にはあなたのように、――百万人に一人の、面白い、明るい、意義にみちた生活を送るめぐり合せの人もある。あなたはお仕合せですわ。……
トリゴーリン　わたしがね？（肩をすくめて）ふむ。……あなたは、名声だの幸福だの、何かこう明るい面白い生活だのと仰しゃるが、わたしにとっては、そんなありがたそうな言葉はみんな、失礼ながら、わたしが食わず嫌いで通しているマーマレードと同じですよ。あなたはとても若くて、とても善良だ。
ニーナ　あなたの生活は、すてきな生活ですわ！
トリゴーリン　べつにいいとこもありませんねえ。（時計を出して見る）わたしは、これから行って書かなければならん。ま赦《ゆる》してください、暇がないんです。……（笑う）あなたはね、世間で言う「人の痛い肉刺《まめ》」を、ぐいと踏んづけなすった。そこでわたしは、このとおり興奮して、いささか向っ腹を立てているんです。だがまあ、しばらくお話しましょうか。そのわたしの、すばらしい、明るい生活のことをね。……さてと、何から始めたものか？（やや考えて）強迫観念というものがありますね。人がたとえば月なら月のことを、夜も昼ものべつ考えていると、それになるのだが、わたしにもそんな月があるんです。夜も昼も、一つの考えが、しつこく私にとっついて離れない。それは、書かなくちゃならん、書かなくちゃ、書かなくちゃ……というやつです。やっと小説を一つ書きあげたかと思うと、なぜか知らんがすぐもう次のに掛からなければならん、それから三つ目、三つ目のお次は四つ目……といった具合。まるで駅逓《えきてい》馬車みたいに、のべつ書きどおしで、ほかに打つ手がない。そのどこがすばらしいか、明るいか、ひとつ伺いたいものだ。いやはや、野蛮きわまる生活ですよ！　今こうしてあなたとお喋《しゃべ》りをして、興奮している。ところがその一方、書きかけの小説が向うで待っていることを、一瞬たりとも忘れずにいるんです。ほらあすこに、グランド・ピアノみたいな恰好《かっこう》の雲が見える。すると、こいつは一つ小説のどこかで使ってやらなくちゃ、と考える。グランド・ピアノのような雲がうかんでいた、とね。ヘリオトロープの匂《にお》いがする。また大急ぎで頭《ここ》へ書きこむ。甘ったるい匂《にお》い、後家さんの色、こいつは夏の夕方の描写に使おう、とね。こうして話をしていても、自分やあなたの一言一句を片っぱしから捕《つか》まえて、いそいで自分の手文庫のなかへほうりこむ。こりゃ使えるかも知れんぞ！　というわけ。一仕事すますと、芝居なり釣りなりに逃げだす。そこでほっと一息ついて、忘我の境にひたれるかと思うと、どっこい、そうは行かない。頭のなかには、すでに新しい題材という重たい鉄のタマがころげ回って、早く机へもどれと呼んでいる。そこでまたぞろ、大急ぎで書きまくることになる。いつも、しょっちゅうこんなふうで、われとわが身に責め立てられて、心のやすまるひまもない。自分の命を、ぼりぼり食っているような気持です。何者か漠然《ばくぜん》とした相手に蜜《みつ》を与えようとして、僕は自分の選《え》り抜きの花から花粉をかき集めたり、かんじんの花を引きむしったり、その根を踏み荒したりしているみたいなものです。それで正気と言えるだろうか？　身近な連中や知り合いが、果してわたしをまともに扱ってくれてるだろうか？「いま何を書いておいでです？　こんどはどんなものです？」聞くことと言ったら同じことばかり。それでわたしは、知り合いのそんな注目や、讃辞《さんじ》や、随喜の涙が、みんな嘘っぱちで、寄ってたかってわたしを病人あつかいにして、いい加減な気休めを言っているみたいな気がする。うかうかしてると、誰かうしろから忍び寄って来て、わたしをとっつかまえ、あのポプリーシチン（訳注　ゴーゴリの『狂人日記』の主人公）みたいに、気違い病院へぶちこむんじゃないかと、こわくなることもある。それじゃ、わたしがやっと物を書きだしたころ、まだ若くて、生気にあふれていた時代はどうかというと、これまたわたしの文筆生活は、ただもう苦しみの連続でしたよ。駆けだしの文士というものは、殊《こと》に不遇な時代がそうですが、われながら間の抜けた、不細工な余計者みたいな気のするものでしてね、神経ばかりやたらに尖《とが》らせて、ただもう文学や美術にたずさわっている人たちのまわりを、ふらふらうろつき回らずにはいられない。認めてもらえず、誰の目にもはいらず、しかもこっちから相手の眼を、まともにぐいと見る勇気もなく――まあ言ってみれば、一文なしのバクチきちがいといったざまです。わたしは自分の読者に会ったことはなかったけれど、なぜかわたしの想像では、不愛想な疑ぐりぶかい人種のように思えましたね。わたしは世間というものが恐《こわ》かった。ものすごい怪物のような気がした。自分の新作物が上演されるようなことになると、いつもきまって、黒い髪の毛の人は敵意を抱《いだ》いている、明るい髪の毛の人は冷淡な無関心派だと、そんな気がしたものです。思いだしてもぞっとする！　じつになんとも言えない苦しみでした！

ニーナ　ちょっとお待ちになって。でも、感興が湧《わ》いてきた時や、創作の筆がすすんでいる時は、崇高な幸福の瞬間をお味わいになりません？

トリゴーリン　それはそうです。書いているうちは愉快です。校正をするのも愉快だな。だが……いざ刷りあがってしまうと、もう我慢がならない。こいつは見当が狂った、しくじった、いっそ書かないほうがよかったのだと、むしゃくしゃして、気が滅入《めい》るんですよ。……（笑う）ところが、世間は読んでくれて、「なるほど、うまい、才筆だな」とか、「うまいが、トルストイには及びもつかんね」とか、「よく書けてる、しかしツルゲーネフの『父と子』のほうが上だよ」とか、仰《おお》せになる。というわけで、結局、墓にはいるまでは、明けても暮れても「うまい、才筆だ」

「うまい、才筆だ」の一点ばりで、ほかに何にもありゃしない。さて死んでしまうと、知り合いの連中が墓のそばを通りかかって、こう言うでしょうよ。「ここにトリゴーリンが眠っている。いい作家だったが、ツルゲーネフには敵《かな》わなかったね」

ニーナ　でもちょっと。わたし、そんなお話は頂きかねますわ。あなたは、成功に甘えてらっしゃるんだわ。

トリゴーリン　どんな成功にね？　わたしはついぞ、自分でいいと思ったことはありませんよ。わたしは作家としての自分が好きじゃない。何よりも悪いことに、わたしは頭がもやもやしていて、自分で何を書いているのかわからないんです。……わたしはほら、この水が好きだ。木立や空が好きだ。わたしは自然をしみじみ感じる。それはわたしの情熱を、書かずにいられない欲望をよび起す。ところがわたしは、単なる風景画家だけじゃなくて、その上に社会人でもあるわけだ。わたしは祖国を、民衆を愛する。わたしは、もし自分が作家であるならば、民衆や、その苦悩や、その将来について語り、科学や、人間の権利や、その他いろんなことについても語る義務がある、と感じるわけです。そこでわたしは、何もかも喋《しゃべ》ろうとあせる。わたしは四方八方から駆り立てられ、叱《しか》りとばされ、まるで猟犬に追いつめられた狐《きつね》さながら、あっちへすっ飛び、こっちへすっ飛びしているうちに、みるみる人生や科学は前へ前へと進んで行ってしまい、わたしは汽車に乗りおくれた百姓みたいに、ずんずんあとにとり残される。で、とどのつまりは、自分にできるのは、自然描写だけだ、ほかのことにかけては一切じぶんはニセ物だ、骨の髄までニセ物だ、と思っちまうんですよ。

ニーナ　あなたは過労のおかげで、自分の値打ちを意識するひまも気持も、ないんですわ。たとえご自分に不満だろうとなんだろうと、ほかの人にとってはあなたは偉大でりっぱな方なのよ！　もしわたしが、あなたみたいな作家だったら、自分の全生命を民衆に捧《ささ》げてしまうわ。でも心のなかでは、民衆の幸福はただ、わたしの所まで向上してくることだと、はっきり自覚しますわ。すると民衆は、わたしを祭礼の馬車に乗せて引きまわしてくれるわ。

トリゴーリン　ほう、祭礼の馬車か。……アガメンノンですかね、このわたしが！

（ふたり微笑する）

ニーナ　女流作家とか女優とか、そんな幸福な身分になれるものなら、わたしは周囲の者に憎まれても、貧乏しても、幻滅しても、りっぱに堪えてみせますわ。屋根うら住まいをして、黒パンばかりかじって、自分への不満だの、未熟さの意識だのに悩んだってかまわない。その代り、わたしは要求するのよ、名声を……ほんとうの、割れ返るような名声を。……（両手で顔をおおう）頭がくらくらする……ああ！

アルカージナの声　（家の中から）トリゴーリンさん！

トリゴーリン　わたしを呼んでいる。きっと荷づくりでしょう。だが、発《た》ちたくないなあ。（湖の方を振返って）なんという自然の恩恵だ！……すばらしい！

ニーナ　向う岸に、家と庭が見えるでしょう？

トリゴーリン　ええ。

ニーナ　あれが、亡《な》くなった母の屋敷です。わたし、あすこで生れたの。それからずっと、この湖のそばで暮しているものだから、どんな小さな島でもみんな知っていますわ。

トリゴーリン　ここはまったくすばらしい！（鷗《かもめ》を見とめて）なんです、これは？

ニーナ　かもめよ。トレープレフさんが射《う》ったの。

トリゴーリン　きれいな鳥だ。いや、どうも発ちたくないなあ。ひとつアルカージナさんを説きつけて、もっといるようにしてください。（手帳に書きこむ）

ニーナ　なに書いてらっしゃるの？

トリゴーリン　ちょっと書きとめとくんです。……題材が浮んだものでね。……（手帳をしまいながら）ほんの短編ですがね、湖のほとりに、ちょうどあなたみたいな若い娘が、子供の時から住んでいる。鷗のように湖が好きで、鷗のように幸福で自由だ。ところが、ふとやって来た男が、その娘を見て、退屈まぎれに、娘を破滅させてしまう――ほら、この鷗のようにね。

間。――やがて窓にアルカージナが現われる。

アルカージナ　トリゴーリンさん、どこにいらっしゃるの？

トリゴーリン　今すぐ！　（行きかけて、ニーナを振返る。窓のそばでアルカージナに）なんです？

アルカージナ　わたしたち、このままいることにしますわ。

トリゴーリン、家へはいる。

ニーナ　（脚光ちかく歩みよる。やや沈思ののちに）夢だわ！

――幕――

第三幕

ソーリン家の食堂。左右にドア。食器棚《だな》。薬品の戸棚。部屋の中央にテーブル。旅行カバンが一つ、帽子のボール箱が幾つか。出立《しゅったつ》の用意が見てとられる。トリゴーリンが朝食（訳注　だいたい早おひるの時刻）をしたため、マーシャはテーブルのそばに立っている。

マーシャ　これはみんな、作家としてのあなたにお話しするんです。お使いになってもかまいません。良心にかけて言いますけれど、あの人の傷が重傷だったら、わたし一分間たりと生きてはいなかったでしょう。でも、わたしはこれで勇気があります。だから、きっぱり決心しました。この恋を胸《ここ》から引っこ抜いてしまおうと。根ごと一思いにね。

トリゴーリン　どんな具合にね？

マーシャ　嫁に行くんです。メドヴェージェンコのところへ。

トリゴーリン　あの教師《せんせい》のところへね？

マーシャ　ええ。

トリゴーリン　わからんな。なんの必要があって。何年も何年も何か待っているなんて……。

マーシャ　望みもないのに恋をして、何年も何年も何か待っているなんて……。いったん嫁に行ってしまえば、もう恋どころじゃなくなって、新しい苦労で古いことはみんな消されてしまう。それだけでも、ね、変化じゃありませんか。いかが、もう一つ？

トリゴーリン　過ぎやしないかな？

マーシャ　なあに、平気！（一杯ずつつぐ）そんなに人の顔を見ないでください。女というものは、あなたの考えてらっしゃるより、よく飲みますわよ。わたしみたいに大っぴらにやるのは少ないけれど、こっそり飲むのは大勢いますわ。そうよ。しかもきまって、ウオトカかコニャックですわ。（杯を当てて）プロジット！　あなたは、さっぱりした方ね。お別れするの残念ですわ。（ふたり飲みほす）

トリゴーリン　わたしだって、発《た》ちたくはないんだが。

マーシャ　だからあの人に、もっといるようにお頼みになったら。

トリゴーリン　いや、もういるつもりはないでしょう。なにしろあの息子《むすこ》が、でたらめばかりやらかすんでね。ピストル自殺をやりかけたと思えば、今度はこのわたしに、決闘を申しこむとかなんとかいう話だ。一体なんのためかな？　ふくれたり、鼻を鳴らしたり、新形式論をまくし立てたり……。いや、座席はまだたっぷりあいている。新しいものにも古いものにもね、——何も押し合うことはない。

マーシャ　それに嫉妬《しっと》も手伝ってね。でも、わたしの知った事じゃないわ。

間。ヤーコフが左手から右手へ、トランクをさげて通る。ニーナが登場して、窓ぎわに立ちどまる。

マーシャ　わたしのあの教師《せんせい》は、大してお利口さんじゃないけれど、なかなかいい人だし、貧乏だし、それにとてもわたしを愛してくれるの。いじらしくなりますわ。年とったお母さんも、可哀《かわい》そうだし、では、ご機嫌よろしゅう。わるくお思いにならないでね。（かたく握手する）ご親切にいろいろありがとうございました。ご本が出たらお送りくださいね、きっと署名なすってね。ただ、「わが敬愛する」なんてしないで、ただあっさり、「身もとも不明、なんのためこの世に生きるかも知らぬマリヤへ」としてね。さようなら！　（退場）

ニーナ　（握り拳《こぶし》にした片手を、トリゴーリンのほうへさしのべながら）偶数？　奇数？

トリゴーリン　偶数。

ニーナ　(ため息をついて) いいえ。手の中には、豆が一つしかないの。わたし占ってみたのよ、女優になろうか、なるまいかって。誰か、こうしたらと言ってくれるといいんだけれど。

トリゴーリン　そんなこと、言える人があるものですか。(間)

ニーナ　お別れですわね……多分もう二度とお目にかかる時はないでしょう。どうぞ記念に、この小さなロケットをお受けになって。あなたの頭文字《かしらもじ》を彫らせましたの……こちら側には『昼と夜』と、あなたのご本の題をね。

トリゴーリン　じつに優美だ！(ロケットに接吻《せっぷん》する) 何よりの贈物です！

ニーナ　時にはわたしのことも思い出してね。

トリゴーリン　思い出しますとも。その思い出すのは、あの晴れた日のあなたの姿でしょうよ――覚えてますか？――一週間まえ、あなたが薄色の服を着てらした時のことを……いろんな話をしましたっけね……それにあの時、ベンチに白い鷗《かもめ》がのせてあった。

ニーナ　(物思わしげに) ええ、かもめが……(間) もうお話してはいられません、人が来ます。……お発ちになる前、二分だけわたしにくださいまし、お願い。……(左手へ退場。同時に右手から、アルカージナ、燕尾服《えんびふく》に星章をつけたソーリン、それから荷作りに

大童《おおわらわ》のヤーコフが登場）

アルカージナ　お年寄りは、ここにじっとしてらっしゃいよ。そんなリョーマチのくせに、お客に出あるく法があるものですか？　（トリゴーリンに）いま出て行ったのは誰？　ニーナですの？

トリゴーリン　ええ。

アルカージナ　失礼《パルドン》、お邪魔しましたわね……（腰をおろす）さあ、どうにかすっかり片づいた。へとへとよ。

トリゴーリン　（ロケットの字を読む）『昼と夜』、百二十一ページ、十一と二行。

ヤーコフ　（テーブルの上を片づけながら）釣竿《つりざお》もやはり入れますんで？

トリゴーリン　そう、あれはまだ要《い》るからね。本はみな誰かにやってくれ。

ヤーコフ　かしこまりました。

トリゴーリン　（ひとりごと）百二十一ページ、十一と二行。はて、あすこには何が書いてあったっけ？　（アルカージナに）この家に、わたしの本があったかしら？

アルカージナ　兄の書斎の、隅《すみ》っこの棚にありますよ。

トリゴーリン　百二十一ページと……（退場）

アルカージナ　ね、ほんとにペトルーシャ、ここにじっとしていらっしゃいよ……

ソーリン　お前たちが発《た》って行くと、あとにぽつねんとしてるのは辛《つら》くてな。

アルカージナ　じゃ、町へ行けばどうなの？

ソーリン　格別どうということもないが、だがやっぱりな……（笑う）県会の建物の建て前もあるし、とまあいった次第でな。……せめて一時間でも二時間でも、この穴ごもりのカマス（訳注 シチェドリーンの童話『かしこいカマス』より）みたいな生活から飛び出したいんだよ。そうでもしないと、わたしは古パイプみたいに、棚のすみですっかり埃《ほこり》まみれだからな。一時に馬車を回すように言いつけたから、いっしょに出かけよう。

アルカージナ　（間をおいて）じゃ、ここでお暮しなさいね、退屈がらずに、お風邪《かぜ》を召さずにね。あの子の監督をおねがいしますよ。よく気をつけてやってね。導いてやってね。（間）こうしてわたしが発ってゆけば、なぜコンスタンチンがピストル自殺をしようとしたのか、それも知らずじまいになるのね。どうやらわたしには、おもな原因は嫉妬《しっと》だったような気がする。だから一刻も早くトリゴーリンを、ここから連れ出したほうがいいのよ。

ソーリン　さあ、なんと言ったものかな？　ほかにも原因はあったろうさ。論より証拠――若盛りの頭のある男が、草ぶかい田舎《いなか》ぐらしをしていて、金もなければ地位もなく、未来の望みもないときてるんだからな。なんにもすることがない。そのぶらぶら暮しが、恥ずかしくもあり空怖ろしくもあるんだな。わたしはあの子が可愛《かわい》くてならんし、あれのほうでもわたしに懐《なつ》いてくれるが、だがやっぱり早い話が、あれは自分がこの家の余計もんだ、居候《いそうろう》だ、食客だという気がするんだ。論より証拠、だいいち自尊心がな……

アルカージナ　あの子には、ほんとに泣かされるわ！　（考えこんで）勤めに出てみたらどうかしら……

ソーリン　（口笛を鳴らし、やがてためらいがちに）わたしはね、いちばんの上策は、もしもお前が……あの子に少しばかり金を持たしてやったらどうかと思うよ。何はさておき、あの子も人並の身なりはせにゃならんし、とまあいった次第でな。見てごらん、着たきり雀《すずめ》のぼろフロックを、これでもう三年ごし引きずって、外套《がいとう》も着てない始末じゃないか。……（笑う）それに若い者にゃ、少し気晴らしをさせるもよかろうて。……ひとつ外国へでも出してみるかな。……なあに、大して金もかかるまい。

アルカージナ　でもねえ。……まあ、服ぐらいは作ってやれるでしょうけど、外国まではねえ。……いいえ、今のところは、服だって駄目だわ。（きっぱりと）わたし、お金がありませんん！

ソーリン笑う。

アルカージナ　ないのよ！

ソーリン　（口笛を鳴らす）なるほどな。いやご免ご免、堪忍《かに》しておくれ。お前の言うとおりだろうとも。……お前は気前のいい、鷹揚《おうよう》な女だからな。

アルカージナ　（涙ぐんで）わたし、お金がありません！

ソーリン　わたしに金さえありゃ、論より証拠、ぽんとあれに出してやるがな、あいにくとすってけてん、五銭玉一つない。（笑う）わたしの恩給は、のこらず支配人が取りあげおって、農作だ牧畜だ蜜蜂《みつばち》だと使いまわす。そこでわたしの金は、元も子もなくなっちまう。蜂は死ぬ、牛もくたばる。馬だって、ついぞわたしに出してくれたためしがない。……

アルカージナ　それはわたしだって、お金のないことはないけれど、なにせ女優ですものね。衣裳《いしょう》代だけでも身代かぎりしちまうわ。

ソーリン　お前はいい子だ、可愛い女だ。……わたしは尊敬しているよ。……そうとも。……だが、わたしはまた、どうもなんだか……（よろめく）目まいがする。（テーブルにつかまる）気持が悪い、とまあいった次第でな。
アルカージナ（仰天して）ペトルーシャ！（懸命に彼をささえながら）ペトルーシャ、しっかりして……（叫ぶ）誰か来て。誰か早く！……

頭に包帯したトレープレフと、メドヴェージェンコ登場。

アルカージナ　気持が悪くなったのよ！
ソーリン　いやなに、なんでもない……（ほほえんで、水を飲む）もう直った……とまあいった次第でな。……
トレープレフ（母親に）びっくりしないで、ママ、べつに危険はないから。伯父さんは近ごろちょいちょい、これが起るんです。（伯父に）伯父さん、少し横になるんですね。
ソーリン　うん、ちょっぴりな。……だが、とにかく町へは行くよ。……ひと休みして出かける……論より証拠だ……（杖《つえ》にすがりながら歩く）
メドヴェージェンコ（腕を支えてやりながら）こんな謎々《なぞなぞ》がありますよ。朝は四つ足、昼は二本足、夕方は三本足……

ソーリン　（笑う）そのとおり。そして、夜にゃ仰向けか。いやありがとう、もう一人で行けますよ……

メドヴェージェンコ　ほらまた、そんな遠慮を！……（彼とソーリン退場）

アルカージナ　ああ、びっくりした！

トレープレフ　伯父さんには、田舎ぐらしが毒なんだ。くさくさするんですよ。もしママが、気前よくポンと千五百か二千貸してあげたら、あの人まる一年は町で暮せるのになあ。

アルカージナ　わたしにお金があるもんですか。わたしは女優で、銀行家じゃないもの。

間。

トレープレフ　ママ、包帯を換えてくれませんか。あなたは上手《じょうず》だから。

アルカージナ　（薬品戸棚からヨードホルムと包帯箱を取出す）ドクトルは遅いこと。

トレープレフ　十時ごろって言ってたのに、もうお午《ひる》だ。

アルカージナ　お坐《すわ》り。（彼の頭から包帯をとる）まるでターバンをしてるみたいだねえ。

きのう、よそ者が台所へ来て、お前のことをなに人《じん》かと聞いていたっけ。でも、ほとんどもう癒《なお》ったようだね。あとはほんのちょっぴりだ。（彼の頭に接吻《せっぷん》する）わたしがいなくなってから、またパチンとやりはしないだろうね？

トレープレフ　やりゃしませんよ、ママ。あのとき僕、とてつもなく絶望しちまって、つい自制できなかったんです。もう二度とやりはしません。（母の手に接吻する）あ、この手――お母さんは、じつにまめな人ですね。おぼえてますよ、ずっと昔のこと、あなたがまだ国立の劇場に出ていたころ、――僕はほんの子供だったけれど、――アパートの中庭でけんかがあって、店子《たなこ》の洗濯女がひどくなぐられたことがあったっけ。ね、おぼえてますか？　気絶したその女を、みんなで抱きあげて……それからお母さんは、しじゅうその女を見舞いに行って、薬を持ってってやったり、子供たちに桶《おけ》で行水を使わしたりしましたね。あれ、おぼえてないかしら？

アルカージナ　忘れたわ。（新しい包帯を巻いてやる）

トレープレフ　うちと同じアパートに、あのころバレリーナが二人住んでいて……よくお母さんのところへ、コーヒーを飲みに来たっけ……

アルカージナ　それは、おぼえていますよ。

トレープレフ　ふたりとも、じつに信心ぶかい人でしたたね。（間）このごろ、あれ以来の幾日かというもの、僕はまるで子供のころに返ったみたいに、甘えたいような気持で、ただもう一すじに、お母さんを愛しています。あなたのほかに、今じゃ僕には誰ひとりいないんです。ただね、なんだってお母さんは、あんな男に引きずり回されるんです、なぜです？

アルカージナ　お前は、あの人がわからないんだよ。えコンスタンチン。あの人は、人格の高いりっぱな人ですよ……

トレープレフ　ところが、僕が決闘を申しこもうとしていると人から聞くと、人格者たちまち変じて卑怯者《ひきょうもの》になっちまったってね。いよいよ発《た》つんでしょう。見ぐるしい脱走だ！

アルカージナ　ばかをお言い！　ここを発つように頼んだのは、このわたしですよ。

トレープレフ　人格の高いりっぱな人か！　やっこさんのおかげで、このとおり母子《おやこ》げんかになりかけてるというのに、今ごろご本人は客間か庭のどこかで、われわれをせせら笑っていることでしょうよ……ニーナを大いに啓発して、彼こそ天才だということを、徹底的にあの子の胸に叩《たた》きこもうと、大童の最中でしょうよ。

アルカージナ　お前は、わたしに厭《いや》がらせを言うのが楽しみなんだね。わたしはあの人を尊敬しているのだから、わたしの前じゃあの人のことを悪く言わないでもらいたいね。

トレープレフ　ところが僕は尊敬していない。お母さんは、僕にまであの男を天才だと思わせたいんでしょうが、僕は嘘《うそ》がつけないもんで失礼――あいつの作品にゃ虫酸《むしず》が走りますよ。

アルカージナ　それが妬《ねた》みというものよ。才能のないくせに野心ばかりある人にゃ、ほんものの天才をこきおろすほかに道はないからね。結構なお慰みですよ！

トレープレフ　（皮肉に）ほんものの天才か！　（憤然として）こうなったらもう言っちまうが、僕の才能は、あんたがたの誰よりも上なんだ！　（頭の包帯をむしりとる）あんたがた古い殻《から》をかぶった連中が、芸術の王座にのしあがって、自分たちのすることだけが正しい、本物だと極《き》めこんで、あとのものを迫害し窒息させるんだ！　そんなもの、誰が認めてやるもんか！　断じて認めないぞ、あんたも、あいつも！

アルカージナ　デカダン……！

トレープレフ　さっさと古巣の劇場《こや》へ行って、気の抜けたやくざ芝居にでも出るがいいや！

アルカージナ　憚《はばか》りながら、そんな芝居に出たことはありませんよ。わたしにはかまわないどくれ！　お前こそ、やくざな茶番《ボードビル》ひとつ書けないくせに。キーエフの町人！　居候《いそうろう》！

トレープレフ　けちんぼ！

アルカージナ　宿なし！

トレープレフ腰をおろして、静かに泣く。

アルカージナ　いくじなし！　（興奮してふらふら歩きながら）泣くんじゃない。泣かないでもいいの。……（泣く）いいんだよ。……（息子《むすこ》の額や頬や頭にキスする）可愛いわたしの子、堪忍《かに》しておくれ。……罪ぶかいお母さんを赦《ゆる》しておくれ。不仕合せなわたしを赦しておくれ。

トレープレフ　（母親を抱いて）僕の気持がお母さんにわかったらなあ！　僕は何もかも、すっかり失《な》くしてしまった。あの人は僕を愛していない、僕はもう書く気がしない……希望がみんな消えちまったんだ……

アルカージナ　そう気を落すんじゃない。……みんなうまく行きますよ。あの人は今すぐ発っていくし、あの子もまたお前が好きになるよ。（息子の涙を拭《ふ》いてやる）さ、もういい。これで仲直りよ。

トレープレフ　（母親の手にキスして）ええ、ママ。

アルカージナ　（やさしく）あの人とも仲直りしてね。決闘なんぞいるものかね。……ね、そうだね。

トレープレフ　え、いいです。……ただね、ママ、あの男と顔を合せないで済むようにしてください。思っただけでも辛いんです……とても駄目なんです……（トリゴーリン登場）ほら来た。僕出ていきます。……（手早く薬品を戸棚にしまう）包帯はいずれ、ドクトルにしてもらいます……

トリゴーリン　（本のページをさがしながら）百二十一ページ……十一と二行。……これだ。……（読む）「もしいつか、わたしの命がお入り用になったら、いらして、お取りになってね」

トレープレフ、床の包帯をひろって退場。

アルカージナ　（時計をちらと見て）そろそろ馬車が来ますよ。

トリゴーリン　（ひとりごと）もしいつか、わたしの命がお入り用になったら、いらして、お取りになってね。

アルカージナ　あなたの荷づくりは、もうできたでしょうね？

トリゴーリン　（もどかしげに）ええ、ええ……（考えこんで）この清らかな心の呼びかけのなかに、なぜおれには悲哀の声が聞えるんだろう。なぜおれの胸は、切ないほどに緊《し》めつけられるんだろう？……もしいつか、わたしの命がお入り用になったら、いらして、お取りになってね。（アルカージナに）もう一日、いようじゃないか！

アルカージナ、かぶりを振る。

トリゴーリン　ね、いようじゃないか！

アルカージナ　あなた、何に後ろ髪を引かれてらっしゃるか、わたしちゃんと知っていますよ。でも、自制力がなくちゃ駄目。ちょっぴり酔ってらっしゃる、正気におなりなさい。

トリゴーリン　君もひとつ正気になってもらいたいな。聡明《そうめい》な、分別のある人間になって、お願いだから、この問題をじっくり見ておくれ、真実の友としてね。……（女の手を握って）君は犠牲になれる人だ。……僕の親友になってくれ、僕を行かせておくれ……

アルカージナ　（すっかり興奮して）そんなに夢中なの？
トリゴーリン　どうしても惹《ひ》きつけられるんだ！　ひょっとすると、これこそ僕の求めていたものかも知れない。
アルカージナ　たかが田舎娘の愛がね？　あなたはなんて自分を知らないんでしょうね！
トリゴーリン　時どき人間は、歩きながら眠ることがある。まさにそのとおりこの僕も、こうして君と話をしていながら、じつはうとうとして、あの子の夢を見ているようなものだ。……なんともいえない甘い夢想の、とりこになってしまったんだ。……行かせておくれ。
アルカージナ　（ふるえながら）厭《いや》、厭。……わたしは平凡な女だから、そんな話は、お門《かど》ちがいよ。……いじめないで、わたしを、ボリース。……わたし、こわい……
トリゴーリン　その気になりさえすりゃ、非凡な女になれるんだ。幻の世界へ連れていってくれるような、若々しい、うっとりさせる、詩的な愛――この世でただそれだけが、幸福を与えてくれるのだ！　そんな愛を、僕はまだ味わったことがない。……若いころは、雑誌社へお百度をふんだり、貧乏と闘ったりで、そんなひまがなかった。今やっとそれが、その愛が、ついにやってきて、手招きしているんだ。

……それを避けなければならん理由が、どこにある？

アルカージナ　（憤然と）気がちがったのね！

トリゴーリン　それでもかまわん。

アルカージナ　あんたがたは今日、言い合せたように、寄ってたかってわたしをいじめるのね！（泣く）

トリゴーリン　（自分の頭をかかえて）わかってくれない！　てんでわかろうとしないんだ！

アルカージナ　ほんとにわたし、そんなに老《ふ》けて、みっともなくなってしまったの？　わたしの前で、ほかの女の話を大っぴらにやれるなんて！（男を抱いてキスする）ああ、あなたは正気じゃないのよ！　わたしの大事な、いとしいひと……。あなたこそ――わたしの一生の最後のページよ！（ひざまずく）わたしの悦《よろこ》び、わたしの誇り、わたしの無量の幸福……（彼の膝《ひざ》を抱く）たとえ一時間でもあなたに棄《す》てられたら、わたしは生きちゃいない、気がちがってしまう。わたしのすばらしい、輝かしい人、わたしの王さま……

トリゴーリン　人が来ますよ。（女をたすけ起す）

アルカージナ　いいじゃないの。あなたを愛しているこの気持が、誰に恥ずかしいものですか。(男の両手にキスする) わたしの大事な宝もの、向う見ずな悪いひと、あなたはばかなまねがしたいんでしょうけれど、わたしは厭《いや》です、放しません。……(笑う) あなたは、わたしのものなの、わたしのものよ。この額《ひたい》もわたしのもの。この眼もわたしのもの。このきれいな、絹のような髪の毛も、やっぱりわたしのもの。……あなたはすっかり、わたしのもの。あなたは本当に天才で、聡明で、今のどの作家よりもりっぱで、ロシアのただ一つの希望なのよ。……あなたの筆には、まごころがこもって、じつにすっきりして、新鮮で、おまけに健康なユーモアがあるわ。……あなたはほんの一刷毛《はけ》で、人物や風景のカン所が出せるのね。あなたの人物は生きているわ。あなたのものを読んで、夢中になれずにいられるものですか! これがお世辞だと思うの? わたしのおべっかなの? さ、わたしの眼を見てちょうだい……よく見て……。わたしが嘘《うそ》つきに見えて? そらごらんなさい、あなたの偉さのわかるのは、わたしだけよ。本当のことをあなたに言うのも、わたしだけよ、ね、大事な、可愛《かわい》いひと。……発《た》つでしょうね? そうでしょ? わたしを棄てはしないことね?

トリゴーリン　おれには自分の意志というものがない。……おれはついぞ、自分の意志をもった例《ため》しがないのだ。……気の抜けた、しんのない、いつも従順な男――一体これで女にもてるものだろうか？　さ、つかまえて、どこへなり連れて行ってくれ。ただね、一足もそばから放すんじゃないぞ……

アルカージナ　（ひとりごと）これで、わたしのものだ。（けろりと、どこを風が吹くといった調子で）でもね、もしお望みなら、お残りになってもいいことよ。わたしは一人で発つから、あなたはあとで、一週間もしたら帰ってらっしゃい。あなたはべつに、急ぐ用もないんですものね。

トリゴーリン　いや、こうなったらいっしょに発とう。

アルカージナ　お好きなように。いっしょならいっしょでいいわ。……（間）

トリゴーリン、手帳に書きこむ。

アルカージナ　なんですの、それ？

トリゴーリン　けさ、うまい言い方を聞いたもんでね。「処女の林……」だとさ。これは使える。（伸びをする）じゃ、出かけるんだね？　また汽車か、停車場、食堂、カツレツ、おしゃべり……

シャムラーエフ　（登場）まことに残念ながら、申しあげます、馬車をお回ししました。

どうぞ奥さま、停車場へお出かけの時刻です。汽車は二時五分に着きます。それではアルカージナさま、おそれいりますが、役者のスズダーリツェフが今どこにいますか、お忘れなくお調べねがいますよ。生きているかな？　達者ですかな？　むかしはいっしょに飲んだものでしたっけ。あの『郵便強盗』（訳注　十九世紀末のメロドラマの題）なんかやらせると、天下一品でしたな。……あれといっしょに、さよう、エリサヴェトグラードで悲劇役者のイズマイロフが出ておりましたが、これまたなかなかの傑物《えらぶつ》でしてな。……いや奥さま、そうお急ぎになることはありません、まだ五分は大丈夫です。あるメロドラマでね、連中が謀叛人《むほんにん》をやった時でしたが、不意に捕《と》り手が踏みこむところで「残念、ワナにかかったか」と言うべきところを、イズマイロフは――「残念、ナワにかかったか」とやってね……（哄笑《こうしょう》する）ナワにかかったか！

彼がしゃべっている間に、ヤーコフは旅行カバンの世話をやき、小間使は帽子やマントやコウモリや手袋を、アルカージナに持ってくる。皆々アルカージナの身支度を手伝う。左手のドアから料理人がのぞきこみ、しばらくためらった後、おずおずとはいってくる。ポリーナ、やがてソーリン、メドヴェージェンコ登場。

ポリーナ　（手かごを持って）このスモモを、どうぞ道中めしあがって……。大そう甘うございますよ。何か変ったものも、欲しくおなりかも知れませんから……
アルカージナ　まあ御《ご》親切にね。ポリーナさん。
ポリーナ　ご機嫌よろしゅう、奥さま！　不行届きのことがありましたら、お赦しくださいまし。（泣く）
アルカージナ　（彼女を抱いて）みんな結構でしたよ、結構でしたよ。ただその、泣くのがいけないわ。
ポリーナ　わたくしたちの時は過ぎて行きますもの！
アルカージナ　仕方のないことよ！
ソーリン　（トンビに中折れ帽をかぶり、ステッキを持って左手のドアから登場。部屋を横ぎりながら）お前、もう時間だよ。おくれたら事だからな、早い話が。わたしは行って乗りこんでるよ。（退場）
メドヴェージェンコ　僕は停車場まで歩いて行きます……お見送りにね。ひとつ急いで……（退場）
アルカージナ　さようなら、皆さん。……おたがい無事で達者だったら、また夏お目にかかりましょうね。……（小間使、ヤーコフ、料理人、それぞれ彼女の手にキスする）わたしを忘れないでね。（料理人に一ルーブリやって）この一ルーブリ、三人でお分け。

料理人　どうもありがとうございます、奥さま。道中ごぶじで！　何かとよくして頂きまして！

ヤーコフ　どうぞ、ご息災で！

シャムラーエフ　ちょいと一筆お手紙を頂きたいもので！　ご機嫌よう、トリゴーリンさん！

アルカージナ　どこだろう、コンスタンチンは？　わたしは発《た》ちますって、あの子に言っておくれ。お別れをしなくては。じゃ皆さん、悪く思わないでね。（ヤーコフに）コックさん一ルーブリ渡しましたよ。あれは三人分だからね。

一同右手へ退場。舞台空虚。舞台うらで、見送りによくあるざわめき。小間使がもどってきて、テーブルからスモモの籠《かご》をとり、ふたたび退場。

トリゴーリン　（もどってくる）ステッキを忘れたぞ。たしかテラスにあるはずだが。（行きかけて、左手のドアのところで、はいってくるニーナに出あう）ああ、あなたか？　われわれはもう発ちます。

ニーナ　まだお目にかかれるような気が、していましたわ。（興奮して）トリゴーリンさん、わたしきっぱり決心しました。賽《さい》は投げられたんです、わたし舞台に立ちます。あしたはもう、ここにはいません。父のところを出て、一切をすてて、新しい生活を始めます。……わたしも、あなたと同じに……モスクワへ発ちます。あちらでお目にかかりましょう。

トリゴーリン　（ちらと後ろを振返って）宿は、「スラヴャンスキイ・バザール」（訳注　モスクワの有名なホテル）になさい。……そしてすぐ僕に知らせて……モルチャーノフカ、グロホーリスキイ館。……いまは急ぐから……（間）

ニーナ　もう一分だけ……

トリゴーリン　（小声で）あなたは、なんてすばらしい……。ああ、またすぐ会えるかと思うと、じつに幸福だ！（彼女は男の胸にもたれかかる）僕はまた見られるのだ——この魅するような眼を、なんとも言えぬ美しい優しい微笑を……この柔和な顔だちを、天使のように清らかな表情を。……僕の大事な……（長いキス）

——幕——

○第三幕と第四幕のあいだに二年経過。

第四幕

ソーリン家の客間の一つ。今はトレープレフが仕事部屋に使っている。右手と左手にドアがあって、それぞれ奥の間へ通じる。正面はテラスへ出るガラス戸。ふつうの客間用の調度のほかに、右手の隅《すみ》に書きものデスク、左手ドア寄りにトルコ風の長椅子《ながいす》、書棚。窓や椅子のそこここに本。——宵《よい》。笠《かさ》つきのランプが一つともっている。薄暗い。木立のざわめきや、煙突のなかで風のうなる音がする。夜番の拍子木《ひょうしぎ》の音。メドヴェージェンコとマーシャ登場。

マーシャ （呼ぶ）トレープレフさん！　トレープレフさん！　（見まわしながら）だあれもいない。爺《じい》さんたら、のべつ幕なしに聞きどおしなんだもの、コースチャはどこにいる、コースチャはどこにいるって。……あの人がいないじゃ、生きてられないのね……

メドヴェージェンコ 孤独がこわいんだ。（耳をすます）なんて凄《すご》い天気だ！　これでもう二昼夜だからな。

マーシャ （ランプの火を大きくして）湖には波が立ってるわ。大きな波が。

メドヴェージェンコ　庭はまっ暗だ。ひとつ毀《こわ》すように言わなけりゃいかんな、庭のあの小劇場はね。むき出しで、醜く立っているざまは、まるで骸骨《がいこつ》だ。幕は風でばたついているし。ゆうべ僕があのそばを通りかかったら、誰かなかで泣いてるような気がしたよ。
マーシャ　また、あんなことを……（間）
メドヴェージェンコ　うちへ帰ろう、マーシャ！
マーシャ　（かぶりを振る）わたし、ここに泊るの。
メドヴェージェンコ　（哀願するように）マーシャ、帰ろうよ！　赤んぼがきっと、腹をすかしてるよ。
マーシャ　平気よ。マトリョーナが飲ませてくれるわ。（間）
メドヴェージェンコ　可哀《かわい》そうだ。もうこれで三晩、おっ母《か》さんの顔を見ないんだからな。
マーシャ　あんたも、退屈な人になったものね。以前は、哲学の一つも並べたものだけれど、今じゃのべつ、赤んぼ、帰ろう、赤んぼ、帰ろう、なんだもの、――ばかの一つ覚えみたい。
メドヴェージェンコ　帰ろうよ、マーシャ！

マーシャ　ひとりで帰ったらいいわ。
メドヴェージェンコ　お前のお父さん、僕にゃ馬を出してくれないよ。
マーシャ　出してくれてよ。願いますと言や、出してくれるわ。
メドヴェージェンコ　まあ、頼んでみよう。じゃあすは帰るだろうね？
マーシャ　（かぎタバコをかぐ）ええ、あしたはね。うるさいわねえ……

トレープレフとポリーナ登場。トレープレフは枕《まくら》と毛布を、ポリーナはシーツを持ちこみ、トルコ風の長椅子の上に置く。それからトレープレフは自分のデスクに行って、腰をおろす。

マーシャ　それ、どうするの、ママ？
ポリーナ　ソーリンさんが、コースチャの部屋に床《とこ》をとってくれとおっしゃるんだよ。
マーシャ　わたしがするわ……（寝床をつくる）
ポリーナ　（ため息をついて）年をとると、子供も同じだねえ……（デスクに近寄り、肘《ひじ》をついて原稿をながめる。間）
メドヴェージェンコ　じゃ、僕は行こう。おやすみ、マーシャ。（妻の手にキスする）おやすみなさい、お母さん。（しゅうとの手にキスしようとする）

ポリーナ　(腹だたしげに)　いいからさ！　さっさとお帰り。
メドヴェージェンコ　おやすみ、トレープレフさん。

トレープレフ黙って手を出す。メドヴェージェンコ退場。

ポリーナ　(原稿をながめながら)　ねえ、コースチャ、あなたが本当の文士になるなんて、誰ひとり夢にも思いませんでしたよ。それが今じゃ、ありがたいことに、方々の雑誌からお金がくるようになりましたものね。(彼の髪を撫《な》でる)　それに、男前も一段とあがって、……ねえ、可愛《かわい》いコースチャ、いい子だから、うちのマーシャに、もう少し優しくしてやってくださいね！……
マーシャ　(床をのべながら)　そっとしておいたげてよ、ママ。
ポリーナ　(トレープレフに)　これで、なかなか好い子さんですよ。(間)　女というものはね、コースチャ、優しい目で見てもらいさえすりゃ、ほかになんにも要《い》らないものよ。わたしも身に覚えがあるけど。

トレープレフ、デスクから立ちあがり、黙って退場。

マーシャ　ほら、怒らしちまった。うるさくするからよ！
ポリーナ　わたしはお前が不憫《ふびん》なんだよ、マーシェンカ。
マーシャ　ありがたい仕合せだわ！
ポリーナ　お前のことで、わたしは胸を痛めつづけてきたよ。すっかり見てるんだものね、みんなわかってるんだものね。
マーシャ　みんな、ばかげたことよ。望みなき恋なんて、小説にあるだけだわ。くだらない。ただ、よせばいいのよ――甘ったれた気持になって、待てば海路の日和《ひより》だかなんだか、ぽかんと何かを待っている、そんな態度をね。……心に恋が芽を出したら、摘んで捨てるまでのことよ。うちの人を、ほかの郡へ転任させてくれるって話になってるの。そこへ移ってしまえば、――きれいに忘れるわ……胸から根こぎにしてしまうわ。

ふた部屋ほど向うで、メランコリックなワルツが聞える。

ポリーナ　コースチャが弾いている。気がふさぐんだね。

マーシャ （音を立てずに、二回り三回りワルツを舞う）肝心なのはね、ママ、目の前に見えないということなのよ。うちのセミョーンが転任になりさえすりゃ、あっちへ行って、ひと月で忘れてみせるわ。みんな、くだらないことよ。

左手のドアがあいて、ドールンとメドヴェージェンコが、車椅子のソーリンを押しながら登場。

メドヴェージェンコ 僕のところは、今じゃ六人家族でしてね。ところが粉は一プード（訳注 十六キロ余）七十コペイカもするんで。

ドールン そこでキリキリ舞いになる。

メドヴェージェンコ あなたは笑っていればいいでしょう。お金のうなってる人はね。

ドールン お金が？ 開業して以来三十年、いいかね君、しかも昼も夜《よ》も自分が自分のものでない、落ちつかぬ生活をしてきて、蓄《た》めた金がやっと二千だぜ。それもこのあいだ、外国旅行で使ってしまった。僕は一文なしさ。

マーシャ （夫に）まだ帰らなかったの？

メドヴェージェンコ （済まなそうに）どうしたらいいのさ？ 馬を出してくれないも

の！

マーシャ　（さも忌々《いまいま》しそうに、小声で）あんたみたいな人、見たくもないわ！

車椅子は、室内左手の中央でとまる。ポリーナ、マーシャ、ドールン、そのそばに腰をおろす。メドヴェージェンコは悄気《しょげ》て、わきへしりぞく。

ドールン　しかし、ここも変ったものですなあ！　客間が書斎になってしまった。

マーシャ　トレープレフさんには、ここのほうがお仕事には都合がいいの。好きな時に庭へ出て、ものが考えられますものね。

夜番の拍子木の音。

ソーリン　妹はどこかな？

ドールン　トリゴーリンを迎えに、停車場へね。もうじきお帰りでしょう。

ソーリン　あんたが妹をわざわざ呼び寄せられたところをみると、わたしの病気は危ないというわけですな。（ちょっと黙って）どうも妙な話だ、病気が危ないというのに、薬一服くれないんだからね。

ドールン じゃ、何がお望みなんです？　カノコ草の水薬ですか？　ソーダですか！　キニーネですか？

ソーリン ほらまた哲学だ。ああ、なんの因果だろう！（長椅子をあごでしゃくって）それ、わたしの寝床かね？

ポリーナ あなたのですわ、ソーリンさま。

ソーリン それは忝《かたじけ》ない。

ドールン （口ずさむ）「月は夜ぞらを渡りゆく」……

ソーリン わしはコースチャに、ひとつ小説の題材をやりたいよ。題は、こうつけるんだな――『なりたかった男』。つまり『ロンム・キ・ア・ヴーリュ』さ。若いころ、わたしは文学者になりたかった――が、なれなかった。弁舌さわやかになりたかった――が、わたしの話しぶりときたら、いやはやひどいものだった。（自嘲《じちょう》的に）「とまあいった次第で、つまりそのありまして、そのう、ええと……」といったざまでな、なんとか締めくくりをつけよう、つけようとして、大汗かいたものさ。家庭も持ちたかった――が、持てなかった。いつも都会で暮したかった――が、それこうして、田舎《いなか》で生涯を終ろうとしている、とまあいった次第でな。

ドールン　四等官になりたかった――それは、なれた。
ソーリン　（笑う）それは別に望んだわけじゃないが、ひとりでにそうなった。
ドールン　六十二にもなって人生に文句をつけるなんて、失礼ながら、――褒《ほ》めた話じゃないですよ。
ソーリン　なんという、わからず屋だ。生きたいと言っているのに！
ドールン　それが浅はかというものです。自然律によって、一切の生は終りなからざるべからずですからね。
ソーリン　それ、それが、腹いっぱい食った人の理屈さ。君はおなかがくちいものだから、人生に冷淡で、どうなろうと平気なんだ。だが、いざ死ぬときにゃ、君だって怖《こわ》くなろうさ。
ドールン　死の恐怖は――動物的恐怖ですよ。……それを抑《おさ》えなければね。死を意識的に怖《おそ》れるのは、永遠の生命を信じる人だけです。自分の罪ぶかさが怖くなるのです。ところがあなたは、まず第一に、不信心者ですね。第二に――どんな罪がおありですかな？　あなたは二十五年、司法省に勤続された――だけのことでね。
ソーリン　（笑う）二十八年……

トレープレフ登場して、ソーリンの足もとの小さな腰掛にかける。マーシャは終始彼から眼をはなさない。

ドールン われわれがこうしていちゃ、トレープレフ君の仕事の邪魔ですな。

トレープレフ いや、かまいません。

間。

メドヴェージェンコ ちょっとお尋ねしますが、ドクトル、外国の町のうち、どこが一等お気に入りました？

ドールン ジェノアですね。

トレープレフ なぜジェノアなんです？

ドールン あすこの街を歩いている群衆がすてきなんです。夕方、ホテルを出てみると、街いっぱい人波で埋まっている。その群衆にまじりこんで、なんとなくあちらこちらとふらついて、彼らと生活を共にし、彼らと心理的に融《と》け合ううちに、まさしく世界に遍在する一つの霊魂といったものが、あり得ると信じるようになってきますね。つまりほら、いつか君の芝居でニーナさんが演じたあれみたいなね。ところで、ニーナさんは今どこでしょうね？　どこに、どうしているでしょうね？

トレープレフ　たぶん健在でしょう。

ドールン　僕の聞いたところでは、あの人は何か曰《いわ》くのある生活をしたそうだが、どういうことなのかな？

トレープレフ　それは、ドクトル、長い話ですよ。

ドールン　それを君、てみじかにさ。（間）

トレープレフ　あの人は家出をして、トリゴーリンといっしょになりました。これはご存じですね？

ドールン　知っています。

トレープレフ　赤んぼができる。その子が死ぬ。トリゴーリンはあの人に飽きて、もとのキズナへ帰ってゆく——とまあ、当然の経路をたどったわけです。もっとも、あの男はこれまでも、ついぞ元の女を棄《す》てた例《ため》しはないんで、ただ持ち前のぐらぐらな性格から、そこここでちょいと引っかけるだけでね。僕の耳にはいったところから判断すると、ニーナの私生活は全然失敗でしたよ。

ドールン　舞台のほうは？

トレープレフ　どうやら、もっとひどいらしい。モスクワ郊外の別荘地の小屋で初舞台をふんで、それから地方へ回りました。そのころ僕は、いつもあの人から目を放さないでいて、しばらくは行く先々へついて回ったものです。大きな役ばかり引受けていましたが、演技はがさつで、味もそっけもなく、やたらに吼《ほ》え立てる、大仰《おおぎょう》な見得を切る、といった調子でした。時たま、なかなか巧《うま》い悲鳴をあげたり、上手な死に方を見せたりしましたが、それも瞬間だけのことでね。

ドールン　すると、とにかく才能はあるんだな？

トレープレフ　そこはよくわかりませんでした。まあ、あるんでしょう。こっちじゃ顔を見てるんですが、向うでは僕に会いたがらず、宿へ訪ねてゆくと女中が通してくれないんです。あの人の気持はわかるので、僕もむりに会おうとはしませんでした。（間）さてと、まだ何を話したらいいのかな？　やがて僕がうちへ帰ってから、手紙が何通か来ましたっけ。聡明《そうめい》な、あたたかい、なかなかいい手紙でした。べつに愚痴《ぐち》をこぼしてはないのですが、これは並大抵の不仕合せじゃないなと感じられるほど、一行一行、病的な神経が張りつめていました。頭の向きようも、ちょっと変なんです。何しろ署名が、「かもめ」というのですからね。『ルサールカ』（訳注『水の精』——プーシキンの物語詩。ダルゴムージスキイのオペラがある）の水車屋のおやじは、自分は大鴉《おおがらす》だと言い言いしますが、あの人の手紙にも、自分は「かもめ」だと、のべつに書いてある。今あの人は、ここに来てますよ。
ドールン　来てるって、そりゃまたどうして？
トレープレフ　町のね、はたご屋にいるんです。もう五日ほど、そこに泊ってる。僕も行ってみようと思ったんですが、このマーシャさんが訪ねてみたら、いっさい誰にも会わないということでした。メドヴェージェンコ君の話では、きのう夕方ちかく、ここから二キロほどの原っぱで、あの人に出あったそうです。
メドヴェージェンコ　ええ、出あいました。あっち、つまり町のほうへ、歩いて行くところでした。僕が挨拶《あいさつ》して、なぜ遊びに来ないのですと聞くと、そのうち行きますという返事でした。
トレープレフ　来るもんか。(間) 親父《おやじ》さんも、まま母も、てんから知らん顔で通しています。それどころか、方々に見張りをおいて、一歩も屋敷へ近づけない算段なんです。(ドクトルといっしょに、デスクのほうへ歩を移す) ねえドクトル、紙の上で哲学者になるのは易《やさ》しいが、実際となるとじつに難《むずか》しいですね！
ソーリン　チャーミングな娘だったがな。
ドールン　え、なんです？

ソーリン　チャーミングな子だった、と言うのさ。四等官ソーリン閣下までが、ひところあの子に惚《ほ》れていたものな。

ドールン　老いたる女たらし《ロヴレス》（訳注　リチャードソンの小説『クラリッサ・ハーロウ』の人物の名から）か。

シャムラーエフの笑い声が聞える。

ポリーナ　皆さん停車場からお帰りのようですよ……

トレープレフ　そう、ママの声もする。

アルカージナ、トリゴーリン、つづいてシャムラーエフ登場。

シャムラーエフ　（はいりながら）われわれはみな、自然の暴威のもとに老いさらばえていきますが、奥さんは相変らず、じつにお若いですなあ。……薄色の〔短〕上衣《うわぎ》を召して、颯爽《さつそう》としてらっしゃる。……典雅ですなあ……

アルカージナ　ほらまた褒め立てて、鬼に妬《や》かせようとなさる、相変らずねえ！

トリゴーリン　（ソーリンに）ご機嫌よう、ソーリンさん！　また何かご病気ですか？

いけませんなあ！（マーシャを見て、嬉《うれ》しそうに）やあ、マーシャさん！

マーシャ　おわかりになって？（彼の手を握る）

トリゴーリン　結婚しましたか？

マーシャ　もうとっくに。

トリゴーリン　幸福ですか？（ドールンやメドヴェージェンコと会釈《えしゃく》をかわしたのち、ためらいがちにトレープレフのほうへ歩み寄る）アルカージナさんのお話だと、あなたはもう昔のことは水に流して、ご立腹もとけたそうですが。

トレープレフ、彼に手をさし出す。

アルカージナ　（息子に）ほら、トリゴーリンさんは、お前の新作の載っている雑誌を持ってきてくだすったんだよ。

トレープレフ　（雑誌を受けながら、トリゴーリンに）おそれいります、ご親切に。（腰をおろす）

トリゴーリン　あんたの崇拝者たちから、宜《よろ》しくとのことです。……ペテルブルグでもモスクワでも、概してあなたに興味をもっていて、僕はしょっちゅう、あんたのことを訊《き》かれますよ。どんな人だの、年は幾つだの、ブリュネットかブロンドかだの、といったふうにね。みんな、どうしたわけか、あなたを年配の人のように思っている。それに誰ひとり、あんたの本名を知る者がない。なにしろあんたは、いつもペンネームで発表するものだから。あんたは、あの『鉄仮面』（訳注　ルイ十四世の代にバスチーユで獄死した謎の人物。父デュマの小説などで有名）みたいに、神秘の人ですよ。

トレープレフ　ずっとご逗留《とうりゅう》ですか？

トリゴーリン　いや、あすはモスクワへ発《た》とうと思っています。やむを得ません。中編ものを一つ急いで書きあげなければならんし、ほかにまだ、ある選集にも何かやる約束になっているので、一口で言えば――相も変らず、ですよ。

彼らが話している間に、アルカージナとポリーナは部屋の中央にカルタ机をすえ、左右の翼《よく》を上げる。シャムラーエフは蠟燭《ろうそく》（訳注　複数）をともしたり、椅子《いす》を並べたりする。戸棚からロトー（訳注　Loto数字あわせの遊び。一から九〇までの数字を飛び飛びに記した盤を配っておき、一人が袋または筒から賽を一つずつ取出しながらそこに刻まれた数字を言う。盤上の数字が先に埋まった人が勝ち）の箱が取出される。

トリゴーリン　せっかく来たのに、わるい天気にぶつかったものだ。すさまじい風ですな。あす朝もしおさまったら、湖へ釣りに出ますよ。ついでにお庭と、そらあの場所——ね、覚えてますか——あんたの芝居をやったあすこを、検分しなければならない。モチーフは熟しているんですが、ただ現場の記憶を新たにする必要があるんで。

マーシャ　（父親に）パパ、うちの人に馬を出してやってちょうだい！　うちへ帰らなくちゃならないんだから。

シャムラーエフ　（口まねをして）馬を……帰らなくちゃ……（厳格に）その眼で見たろう——今しがた停車場へ行って来たばかりだ。そうそうこき使うわけにはいかん。

マーシャ　ほかの馬だってあるじゃないの。（父親が黙っているのを見て、片手を振る）またけんかのたねね……

メドヴェージェンコ　マーシャ、ぼく歩いて帰るよ。いいからさ……

ポリーナ　（ため息をついて）歩いて、こんな天気に……（カルタ机に向って腰をおろす）さ、どうぞ、皆さん。

メドヴェージェンコ　たかが六キロですからね。……（妻の手にキスをする）おやすみなさい、おっ母さん。（しゅうとはキスを受けるため渋々手を出す）僕はだれにも心配はか

けたくないんですが、ただ赤んぼが……（一同に頭をさげる）おやすみなさい。……（退場。さも申し訳なさそうな物腰）

シャムラーエフ　なんとか帰れるさ。将軍じゃあるまいし。

ポリーナ　（机をたたく）さ、いかが、皆さん。時間が無駄ですよ、ぐずぐずしてると、お夜食をしらせに来ますわ。

シャムラーエフ、マーシャ、ドールン、カルタ机につく。

アルカージナ　（トリゴーリンに）秋の夜ながになると、ここではロトーをして遊ぶんですよ。ほらね、ずいぶん古いロトーでしょう。なにしろわたしたちが子供だったころ、亡くなった母がいっしょに遊んでくれた道具ですものねえ。お夜食まで、いっしょに一勝負なさらない？（トリゴーリンとともに席につく）つまらない遊びだけど、馴《な》れるとこれで、悪くないものよ。（一同に三枚ずつ紙の盤をくばる）

トレープレフ　（雑誌をめくりながら）自分の小説は読んでるくせに、僕のはページも切ってやしない。（雑誌をデスクに置き、左手のドアへ行きかける。母親のそばを通りかかって、その頭にキスする）

アルカージナ　どう、お前も、コースチャ？
トレープレフ　ご免なさい、なんだかしたくないんです。……ちょっと歩いてきます。
（退場）
アルカージナ　賭《か》け金は十コペイカよ。ドクトル、わたしの分、たて替えておいてちょうだい。
ドールン　承知しました。
マーシャ　みなさん、お賭けになった？　じゃ始め。……二十二！
アルカージナ　はい。
マーシャ　三！
ドールン　はあい。
マーシャ　三をお置きになって？　八！　八十一！　十！
シャムラーエフ　まあそう急ぐな。
アルカージナ　わたし、ハリコフで受けた歓迎ぶりを思い出すと、今でも頭がくらくらするわ、皆さん！
マーシャ　三十四！

舞台うらで、メランコリックなワルツのひびき。

アルカージナ　大学生が、お祭さわぎをしてくれてね……花籠《はなかご》が三つ、花束が二つ、それからほら……（胸からブローチをはずして、机上に投げだす）

シャムラーエフ　なるほど、こりゃ大したものだ……

マーシャ　五十！……

ドールン　五十きっかり？

アルカージナ　わたしの舞台衣裳《いしよう》ときたら、豪勢なものでしたよ。……なんといっても、着付けにかけちゃ、わたしゃ負けませんからね。

ポリーナ　コースチャが弾《ひ》いている。気がふさぐのね。可哀《かわい》そうに。

シャムラーエフ　新聞でひどく叩《たた》かれてるね。

マーシャ　七十七！

アルカージナ　気にしないでもいいのに。

トリゴーリン　あの人はどうも運が向かない。未《いま》だに、ほんとの調子が出ないんですな。何かこう変てこで、あいまいで、時によるとウワ言みたいなところさえある。人物がさっぱり生きてない。

マーシャ　十一。
アルカージナ　（ソーリンをふり返って）ペトルーシャ、あなた退屈？　（間）寝てるわ。
ドールン　四等官殿はおねんねだ。
マーシャ　七！　九十！
トリゴーリン　わたしがもし、こんな湖畔の屋敷に住んだとしたら、とても物を書く気にはなりますまいな。そんな欲望はうっちゃりにして、魚ばかり釣ってるでしょうよ。
マーシャ　二十八！
トリゴーリン　ボラやマスを釣りあげるのは——なんとも言えんいい気持だ！
ドールン　しかし僕は、トレープレフ君を信じていますよ。何かがある！　何かがね！　あの人はイメージでもって思索する。だから小説が絵画的で、鮮明で、僕は強烈な感じを受けますね。ただ惜しむらくは、あの人には、はっきりきまった問題がない。印象を生みはするが、それ以上に出ない。なにせ印象だけじゃ、大したことにはなりませんからね。アルカージナさん、作家の息子さんを持って、嬉しいでしょうな？
アルカージナ　それがね、あなた、まだ読んだことがないの。ひまがなくてね。

マーシャ　二十六！

トレープレフ静かに登場。自分のデスクへ行く。

シャムラーエフ　（トリゴーリンに）そうそう、トリゴーリンさん、あなたの物が残っていましたっけ。

トリゴーリン　はてな？

シャムラーエフ　いつぞやトレープレフさんが射落した鷗《かもめ》ね。あれを剝製《はくせい》にしてくれって、ご注文でしたが。

トリゴーリン　覚えがない。（しきりに考えながら）覚えがないなあ！

マーシャ　六十六！　一！

トレープレフ　（窓をパッとあけて、耳をすます）なんて暗いんだ！　なぜこう胸さわぎがするのか、どうもわからん。

アルカージナ　コースチャ、窓をおしめ、吹きこむじゃないの。

トレープレフ、窓をしめる。

マーシャ　八十八！

トリゴーリン　はい、揃《そろ》いました。

アルカージナ（うきうきして）うまい、うまい！

シャムラーエフ　ブラボー！

アルカージナ　この人はね、いつどこへ行っても運がいいのよ。（立ちあがる）じゃあちらで、何かちょっと頂きましょう。うちの有名な先生は、今日は夕飯ぬきでしたからね。お夜食のあとで、またやりましょう。（息子に）コースチャ、原稿はやめて、食堂へ行きましょう。

トレープレフ　欲しくないよ、ママ、おなかがいっぱいだから。

アルカージナ　ご勝手に。（ソーリンをおこす）ペトルーシャ、お夜食ですよ！（シャムラーエフと腕を組む）話してあげるわね、ハリコフでどんなに歓迎されたか……

ポリーナ、カルタ机の上の蠟燭を消してから、ドールンといっしょに椅子を押して行く。一同左手のドアから退場。舞台には、デスクに向ったトレープレフだけ残る。

トレープレフ　(書きつづけようとして、今まで書いたところに目を走らせる) おれは口ぐせみたいに、新形式、新形式と言ってきたが、今じゃそろそろ自分が、古い型へ落ちこんでゆくような気がする。(読む)「塀《へい》のポスターに曰《いわ》く……。蒼白《あおじろ》い顔が、黒い髪の毛にふちどられて……」曰く、ふちどられて……。ふん、なっちゃいない。(消す) いっそ主人公が、雨の音で目をさますところから始めて、あとはみんな切っちまおう。月夜の描写が長たらしく、凝りすぎている。トリゴーリンは、ちゃんと手がきまっているから、楽なもんだ。……あいつなら、土手の上に割れた瓶《びん》のくびがきらきらして、水車の影が黒く落ちている――それでもう月夜ができあがってしまう。ところがおれは、ふるえがちの光だとか、静かな星のまたたきだとか、しんとした匂《にお》やかな空気のなかに消えてゆくピアノの遠音だとか……いや、こいつは堪《たま》らん。(間) そう、おれはだんだんわかりかけてきたが、問題は形式が古いの新しいのということじゃなくて、形式なんか念頭におかずに人間が書く、それなんだ。魂のなかから自由に流れ出すからこそ書く、ということなんだ。(デスクに最寄《もよ》りの窓を、誰かが叩《たた》く) なんだろう？　(窓を覗《のぞ》く) なんにも見えない。……(ガラス戸をあけて、庭を見る) 誰か石段を駆けおりたな。(呼びかける) 誰だ、そこにいるのは？　(出てゆく。彼がテラスを足早に歩く音がする。半分間ほどして、ニーナを連れもどってくる) ニーナ！　ニーナ！

ニーナは頭を彼の胸におし当て、忍び音にむせび泣く。

トレープレフ　（感動して）ニーナ！　ニーナ！　君か……君だったのか……。僕は虫が知らしたのか、朝からずっと、胸がきりきりしてならなかった。（彼女の帽子と長外套《がいとう》をとってやる）ああ、僕の可愛《かわい》い、大事なひとが帰ってきた！　泣くのはよそう、泣くのは。

ニーナ　誰かいるわ。

トレープレフ　誰もいやしない。

ニーナ　ドアの錠をおろして。はいってくると困るわ。

トレープレフ　誰も来やしない。

ニーナ　知ってるわ、アルカージナさんが来てること。だから閉めて……

トレープレフ　（右手のドアの鍵《かぎ》をかけ、左手のドアに歩み寄る）ここには錠前がない。椅子《いす》でふさいでおこう。（ドアの前に肘《ひじ》かけ椅子を据える）さ、もう心配しないで、誰も来ないから。

ニーナ　（彼の顔をじっと見つめる）ちょっと、お顔を見させて。（あたりを見回して）暖かくて、いい気持。……あのころ、ここは客間だったのね。わたし、ひどく変ったかしら？

トレープレフ　そう……だいぶ瘦《や》せて、眼が大きくなったな。ニーナ、こうして君を見ていると、なんだか不思議な気がする。どうしてあんなに、僕を寄せつけなかったの？　どうして今まで来なかったの？　僕は知ってますよ、君がもう一週間ちかく、この土地にいることは。……僕は毎日、なんべんも君の宿まで行っては、君の窓の下に立っていた。乞食《こじき》みたいにね。

ニーナ　あなたがさぞ、わたしを憎んでらっしゃるだろうと、それが怖《こわ》かったの。毎晩おなじ夢を見るのよ――それは、あなたがわたしを見ているくせに、わたしとは気がつかないの。この気持、知ってくだすったらねえ！　ここへ着いたその日から、わたしはあすこ……湖のへんを歩いていたの。お宅の近くにもたびたび来たけれど、はいる勇気がなかったわ。さ、坐《すわ》りましょう。（ふたり腰をおろす）坐って、思いっきり話しましょう。ここはいいわ、ぽかぽかして、居心地がよくって……。あの音は……風ね？　ツルゲーネフに、こういうところがあるわ、――「こんな晩に、うちの屋根の下にいる人は仕合せだ、暖かい片隅《かたすみ》を持つ人は」わたしは、かもめ。

……いいえ、それじゃない。（額をこする）何を言ってたんだっけ？　そう……ツルゲーネフね……「主《しゅ》よ、ねがわくは、すべての寄辺《よるべ》なき漂泊《さすらい》びとを助けたまえ」……いいの、なんでもないの。（むせび泣く）

トレープレフ　ニーナ、君はまた……ニーナ！

ニーナ　いいの、これで楽になるわ。……わたし、もう二年も泣かなかった。ゆうべおそく、こっそりお庭へはいって、あのわたしたちの劇場が無事かどうか、見に行きました。あれは、まだ立っていますわね。それを見たとき、二年ぶりで初めて泣いたの。すると胸が軽くなって、心の霧が晴れました。ほらね、わたしもう泣いていないわ。（彼の手をとる）で、こうして、あなたはもう作家なのね。……あなたは作家、わたしは——女優。お互いに、渦巻《うずまき》のなかへ巻きこまれてしまったのね。……あのころのわたしは、子供みたいにはしゃいで暮していたわ——あさ目がさめると、歌をうたいだす。あなたを恋してたり、名声を夢みたり。それが今じゃどう？　あしたは朝早く、三等に乗ってエレーツへ行くのよ……お百姓さんたちと合乗りでね。そしてエレーツじゃ、教育のある商人連中が、ちやほや付きまとってくれるでしょうよ。むごいものだわ、生活って。

トレープレフ　なんだってエレーツへなんか？

ニーナ　この一冬、契約をしたの。もう帰らなければ。

トレープレフ　ニーナ、僕は君を呪《のろ》いもし憎みもして、君の手紙や写真を破いてしまった。それでいて、僕の心は永久に君と結びついていると、毎分毎秒、意識していました。あなたへの恋が冷《さ》めるなんて、僕にはできないことだ、ニーナ。あなたというものを失い、作品がぽつぽつ雑誌に載りだしてからこっち、人生は僕にとって堪えがたいものになった——受難の道になった。……自分の若さが急につみとられて、僕はこの世にもう九十年も生きてきたような気がします。僕はあなたの名を呼んだり、あなたの歩いた地面に接吻《せっぷん》したりしている。どこを向いても、きっとあなたの顔が見えるんだ。ぼくの生涯の一ばん楽しかった時代を照らしてくれた、あの優しい微笑がね。……

ニーナ　（当惑して）なぜあんなことを言いだすのかしら。なぜあんなことを？

トレープレフ　僕はひとりぽっちだ。暖めてくれる誰の愛情もなく、まるで穴倉のなかのように寒いんです。だから何を書いても、みんなカサカサで、コチコチで、陰気くさい。ニーナ、お願いだ、このままいてください。でなけりゃ、僕もいっしょに行かせてください！

ニーナは手早く帽子と長外套を着ける。

トレープレフ　どうして君は、ええニーナ？　後生だ、ニーナ……（彼女が身じたくするのを眺める。間）

ニーナ　馬車が裏木戸のところに待たせてあるの。送ってこないで、わたし一人で行けるから……（涙声で）水をちょうだいな……

トレープレフ　（コップの水を与える）今からどこへ行くの？

ニーナ　町へ。（間）アルカージナさん、来てらっしゃるの？

トレープレフ　そう。……この木曜、伯父さんの工合が変だったので、僕たちが電報で呼び寄せたんです。

ニーナ　わたしの歩いた地面に接吻したなんて、なぜあんなことをおっしゃるの？　わたしなんか、殺されても文句はないのに。（テーブルにかがみこむ）すっかり、へとへとだわ！　一息つきたいわ、一息！（首をあげて）わたしは——かもめ。……いいえ、そうじゃない。わたしは——女優。そ、そうよ！（アルカージナとトリゴーリンの笑い声を聞きつけて、じっと耳をすまし、それから左手のドアへ走り寄って、鍵穴からのぞく）あの人も来ている……（トレープレフのそばへ戻りながら）ふん、そう。……かまやしない。……そうよ。あの人は芝居というものを信用しないで、いつもわたしの夢を嘲笑《ちょうしょう》してばかりいた。それでわたしも、だんだん信念が失《う》せて、気落ちがしてしまったの。……そのうえ、恋の苦労だの、嫉妬《しっと》だの、赤ちゃんのことでしょっちゅうびくびくしたりで……わたしはこせついた、つまらない女になってしまって、でたらめな演技をしていたの。両手のもて扱い方も知らず、舞台で立っていることもできず、声も思うようにならなかった。ひどい演技をやってるなと自分で感じるときの心もち、とてもあなたにはわからないわ。わたしは――かもめ。いいえ、そうじゃない……。おぼえてらして、あなたは鷗《かもめ》を射落《うちおと》したわね？　ふとやって来た男が、その娘を見て、退屈まぎれに、破滅させてしまった。……ちょっとした短編の題材……。これでもないわ。……（額をこする）何を話してたんだっけ？……そう、舞台のことだったわ。今じゃもうわたし、そんなふうじゃないの。……わたしはもう本物の女優なの。……わたしは楽しく、喜び勇んで役を演じて、舞台に出ると酔ったみたいになって、自分はすばらしいと感じるの。今、こうしてここにいるあいだ、わたしはしょっちゅう歩き回って、歩きながら考えるの。考えながら、わたしの精神力が日ましに伸びてゆくのを感じるの。……今じゃ、コースチャ、舞台に立つにしろ物を書くにしろ同じこと。わたしたちの仕事で大事なものは、名声とか光栄とか、わたしが空想していたものではなくって、じつは忍耐力だということが、わたしにはわかったの、得心が行ったの。おのれの十字架を負うすべを知り、ただ信ぜよ——だわ。わたしは信じているから、そう辛《つら》いこともないし、自分の使命を思うと、人生もこわくないわ。

トレープレフ　（悲しそうに）君は自分の道を発見して、ちゃんと行く先を知っている。だが僕は相変らず、妄想《もうそう》と幻影の混沌《こんとん》のなかをふらついて、一体それが誰に、なんのために必要なのかわからずにいる。僕は信念がもてず、何が自分の使命かということも、知らずにいるのだ。

ニーナ　（きき耳を立てて）シッ。……わたし行くわ。ご機嫌よう。わたしが大女優になったら、見にいらしてちょうだいね。約束してくださる？　では今日は……（彼の手を握る）もう夜がふけたわ。わたしやっとこさで、立っているのよ。精も根も尽きてしまった、何か食べたいわ……

トレープレフ　ゆっくりして行って、夜食ぐらい出すから……

ニーナ　いいえ、駄目……。送ってこないでね、ひとりで行けるから。……馬車はついそこなんですもの。……じゃ、アルカージナさんはあの人を連れていらしたのね？　なあに、どうせ同じことだわ。……トリゴーリンに会っても、なんにも言わないでね。……わたし、あの人が好き。前よりももっと愛しているくらい。……ちょっとした短編の題材か。……好きだわ、愛してるわ、やるせないほど愛してるわ。もとはよかったわねえ、コースチャ！　なんという晴れやかな、暖かい、よろこばしい、清らかな生活だったでしょう。なんという感情だったでしょう——優しい、すっきりした花のような感情。……おぼえてらっしゃる？……（暗誦《あんしょう》する）「人も、ライオンも、鷲《わし》も、雷鳥も、角を生《は》やした鹿《しか》も、鵞鳥《がちょう》も、蜘蛛《くも》も、水に棲《す》む無言の魚も、海に棲むヒトデも、人の眼に見えなかった微生物も、——つまりは一切の生き物、生きとし生けるものは、悲しい循環《めぐり》をおえて、消え失《う》せた。……もう、何千世紀というもの、地球は一つとして生き物を乗せず、あの哀れな月だけが、むなしく灯火《あかり》をともしている。今は牧場《まきば》に、寝ざめの鶴《つる》の啼《な》く音《ね》も絶えた。菩提樹《ぼだいじゅ》の林に、こがね虫の音ずれもない」……（発作的にトレープレフを抱いて、ガラス戸から走り出る）

トレープレフ　（間をおいて）まずいな、誰かが庭でぶつかって、あとでママに言いつけると。ママは辛いだろうからな。……

二分間ほど、無言のまま原稿を全部やぶいて、デスクの下へほうりこむ。それから右手のドアをあけて退場。

ドールン　（左手のドアを、うんうん押しあけながら）おかしいぞ。錠がおりてるのかな……（はいって、肘かけ椅子を元の場所におく）障碍物競走《しょうがいぶつきょうそう》だ。

アルカージナ、ポリーナ、つづいてヤーコフは酒瓶《さかびん》（訳注 複数）をもち、それにマーシャ、あとからシャムラーエフ、トリゴーリン、それぞれ登場。

アルカージナ　赤ブドウと、トリゴーリンさんのあがるビールは、このテーブルに置いてちょうだいな。ロトーをしながら飲むんだからね。さ、坐りましょう、皆さん。

ポリーナ　（ヤーコフに）すぐお茶を出しておくれ。（蠟燭《ろうそく》（訳注 複数）をともし、カルタ机に着席する）

シャムラーエフ　（トリゴーリンを戸棚のほうへひっぱって行く）そらこれが、さっきお話しした品ですよ……（戸棚から鷗の剝製《はくせい》をとり出す）あなたのご注文で。

トリゴーリン　（鷗を眺めながら）覚えがない！（小首をかしげて）覚えがないなあ！

右手の舞台うらで銃声。一同どきりとなる。

アルカージナ　（おびえて）なんだろう？

ドールン　なあに、なんでもない。きっと僕の薬カバンのなかで何か破裂したんでしょう。心配ありません。（右手のドアから退場して、半分間ほどで戻ってくる）やっぱりそうでした。エーテルの壜《びん》が破裂したんです。（口ずさむ）「われふたたび、おんみの前に、恍惚《こうこつ》として立つ」……

アルカージナ　（テーブルに向ってかけながら）ふっ、びっくりした。あの時のことを、つい思い出して……（両手で顔をおおう）眼のなかが、暗くなっちゃった……

ドールン　（雑誌をめくりながら、トリゴーリンに）これに二カ月ほど前、ある記事が載りましてね……アメリカ通信なんですが、ちょっとあなたに伺いたいと思っていたのは、なかでもその……（トリゴーリンの胴に手をかけ、フットライトのほうへ連れてくる）……なにしろ僕は、その問題にすこぶる興味があるもので……（調子を低めて、小声で）どこかへアルカージナさんを連れて行ってください。じつは、トレープレフ君が、ピストル自殺をしたんです。……

——幕——

ワーニャ伯父さん

——田園生活の情景　四幕——

人　物

セレブリャコーフ（アレクサンドル・ヴラジーミロヴィチ）退職の大学教授
エレーナ（アンドレーヴナ）その妻、二十七歳
ソーニャ（ソフィヤ・アレクサンドロヴナ）先妻の娘
ヴォイニーツカヤ夫人（マリヤ・ワシーリエヴナ）三等官の未亡人、先妻の母
ワーニャ伯父さん（イワン・ペトローヴィチ・ヴォイニーツキイ）その息子
アーストロフ（ミハイル・リヴォーヴィチ）医師
テレーギン（イリヤ・イリイーチ）落ちぶれた地主
マリーナ　年寄りの乳母
下男

セレブリャコーフの田舎屋敷での出来事

第一幕

庭。ベランダのついた家の一部が見える。並木道のポプラの老樹の下に、テーブルがあって、お茶の支度ができている。ベンチ、椅子《いす》、それぞれ数脚。ベンチの一つに、ギターが載っている。テーブルのじきそばに、ブランコがさがっている。午後二時すぎ。曇り日。

マリーナ（ぶよぶよした、動きの少ない老婆《ろうば》）が、サモワールの前に坐《すわ》って靴下を編んでいる。アーストロフが、そばを歩き回っている。

マリーナ　（コップに茶をつぐ）お一ついかが、旦那《だんな》。

アーストロフ　（気乗りのしない様子で、コップを受ける）あんまり欲しくもないがね。

マリーナ　ウオトカならあがるんでしょう。

アーストロフ　いいや、ウオトカも毎日はやらない。それに、今日は蒸し蒸しするしな。（間）ねえ、ばあやさん。あんたと知り合いになってから、どれくらいになるかなあ。

マリーナ　（考えながら）どれくらい？　そうですね。……あんたが、この土地においでたのは……あれは、いつだったか……まだソーニャちゃんのお母御の、ヴェーラ様がご存命の頃でしたわねえ。あの方がおいでの時分、あんたは、ふた冬ここへ、かよって見えましたよ。……すると、かれこれもう、十一年になるわけですねえ、（思案して）それとも、もっとになるかしら。

アーストロフ　その時分から見ると、わたしも随分かわったろうねえ。

マリーナ　ええ、随分。あのころは、お若かったし、おきれいでもあんなすったけれど、今じゃもう、だいぶおふけになりましたよ。男前も、昔のようじゃないしねえ。なにしろ——ウオトカをあがるからねえ。

アーストロフ　そう。……この十年のまに、すっかり人間が変ってしまったよ。それもそのはずさ。働きすぎたからなあ、ばあやさん。朝から晩まで、のべつ立ちどおしで、休むまもありゃしない。晩は晩で、毛布《ケット》のしたにちぢこまって、今にも患者から呼び出しが来やしまいかと、びくびくしている始末だ。この十年のあいだ、わたしは一日《いちんち》だって、のんびりした日はなかった。これじゃ、ふけずにいろというほうが、よっぽど無理だよ。おまけにさ、毎日々々の暮しが、退屈で、ばかばかしくて、鼻もちがならないときている。……ずるずると、泥沼へ引きずりこまれるみたいなものさ。ぐるりにいる連中ときたら、どいつもこいつも、みんな妙ちきりんなデクの坊ばかりだ。ああした連中と、二年三年と付き合ってみるがいい。知らないうちに段々、こっちまでが妙ちきりんな人間になってしまう。これは所詮《しょせん》、どうにもならない運命だよ。(長い口髭《くちひげ》をひねりながら) いやはや、この髭も、どえらく伸びたもんじゃないか。……ばかげた髭さね。もっとも私は、妙てけれんな男になりはしたものの……ばかになったかというと、まだ必ずしもそうじゃない。ありがたいことに、脳みそだけは、まだちゃんとしている。人間らしい感じのほうは、どうやら、だいぶ鈍ってきたようだがね。なんにも欲しくない、なんにも要《い》らない、誰といって好きな人もない。……ただしね、あんただけは好きだよ (乳母の額にキスする)。わたしも子供のころ、ちょうどあんたみたいな乳母がいたっけ。

マリーナ 何かめしあがりませんか。

アーストロフ いいや、欲しくない。この春の初め、伝染病のはやっている、なんとかいう村へ行ったことがあったっけが。……発疹《はっしん》チフスというやつでね。……百姓家は、軒なみに、病人がごろごろしているんだ。……いやその不潔なこと、臭いこと、煙たいこと。ゆかべたには仔牛《こうし》が、病人と同居しているし……仔豚までそのへんを、うろうろしている始末なのさ。……そこでまる一日《いちんち》、あくせく働いて、ちょいと一服するまもないし、これっぽっちの物を、口へ入れる暇もなかった。やっとこさで、家《うち》へ帰ってみると、やっぱり休ましちゃもらえない。――鉄道から、線路工夫を一人かつぎこんで来てね、手術をしてやろうと、そいつを台の上へ寝かしたら、やっこさん、クロロホルムにかかったなり、ころりと死んじまったじゃないか。ところが、よけいな時に人間らしい感情が、ここんところで（胸をおさえて）目をさましてね、まるでその男を、わざと殺しでもしたみたいに、気が咎《とが》めるんだ。……そこで私は坐《すわ》りこんで、こう目をつぶって――こんなことを考えたよ。百年、二百年あとから、この世に生れてくる人たちは、今こうして、せっせと開拓者の仕事をしているわれわれのことを、ありがたいと思ってくれるだろうか、とね。ねえ、ばあやさん。そんなこと、思っちゃくれまいねえ。

マリーナ　たとえ人間は忘れても、神さまは覚えていてくださいますよ。

アーストロフ　ああそうか、ありがとうよ。いいことを言ってくれたね。

ワーニャ登場。

ワーニャ　（家から出てくる。おそい朝飯のあとで一寝入りして、だらけた様子をしている。ベンチに腰をおろして、伊達《だて》なネクタイを直す）そう……（間）。ふむ、そう……

アーストロフ　よく寝たかい？

ワーニャ　ああ。……ぐっすり（あくびをする）。なにしろ、教授ご夫妻がやってきてからというもの、生活がすっかり脱線しちまったよ。……妙な時間に眠ったり、朝飯や昼飯に何やらエタイの知れないものを食わされたり、酒を飲んだり……すること為《な》すこと、どうも不健康なことばかりだ。これまでは、暇な時間なんかちっともなくって、僕もソーニャも、感心なほどよく働いたものだ。ところが今じゃ、働くのはソーニャだけで、僕は寝る、食う、飲む。……さっぱりいかん。

マリーナ　（頭を振って）すっかり、きまりが変りましたよ。先生さんのお目ざめは十二時なのに、サモワールは朝からシュンシュン沸いて、お出ましを待っているんですからねえ。あのご夫婦が見えない時分は、おひるは世間なみに、いつも一時前でしたのに、今じゃ六時を過ぎる始末ですよ。よる夜なか、先生さんは本を読んだり物を書いたりなさるもので、突拍子もない二時ごろに、いきなりベルが鳴りだす騒ぎ。……なにご用で、旦那さま？　お茶だ！　と、こうですよ。そこで下《しも》の者を起して、サモワールの支度。まったく、結構なきまりになったものですよ。

アーストロフ　まだ当分、ここにいるつもりなのかね。

ワーニャ　（ヒューと口笛を吹いて）百年ぐらいね。やっこさん、ここに居坐る肚《はら》なのさ。

マリーナ　現に今だっても、サモワールはもう二時間もこうしてあるのに、皆さん散歩にお出かけですよ。

ワーニャ　やあ、来た来た。……心配無用だ。

話し声がきこえて、庭の奥から、散歩帰りのセレブリャコーフ、エレーナ、ソーニャ、テレーギンが出る。

セレブリャコーフ　じつにいい、じつにいい。……まさに絶景だ。

テレーギン　すばらしい眺めですよ、御前さま。

ソーニャ　あしたは、森の番小屋のほうへ行ってみましょうね、お父《とう》さま。いいでしょう？

ワーニャ　皆さん、お茶ですよ。

セレブリャコーフ　いや済まないが、お茶はわたしの書斎へ持ってきてくださらんか。今日はまだ、二つ三つ仕事があるから。

ソーニャ　あのへんの眺めも、きっとお気に召しましてよ。……

エレーナ、セレブリャコーフ、ソーニャ、家へはいる。テレーギンはテーブルに近づき、乳母の傍に坐る。

ワーニャ　こんなに蒸暑い日だというのに、わが大先生は外套《がいとう》を召して、オーバシューズをはいて、コウモリを持って、手袋まではめてござる。

アーストロフ　つまり、健康に注意しているというわけだ。

ワーニャ　だがあの人は、なんて美人だろう。すばらしい美人だ。生れてこのかた、僕はあれほどの器量の人に会ったことがない。

テレーギン　ねえ、マリーナさん。わたしは野原へ出てみても、こんもり茂った庭を歩いても、このテーブルを眺めても、言うに言われぬ仕合せな気持がしますよ。うっとりするようなお天気だし、小鳥はさえずってるし、みんなはこうして、仲よく平和に暮してるし、——この上なんの文句がありましょう。（コップを受けながら）ありがとう、ご馳走《ちそう》になります。

ワーニャ　（夢みるように）あの目つき。……なんとも言えない女だ。

アーストロフ　何かいい話はないかい、ええ、ワーニャ君。

ワーニャ　（だるそうに）いい話って？
アーストロフ　何か、耳新しいことでも。
ワーニャ　ないね。旧態依然たりさ。僕なんざ、相も変らぬ元の杢阿弥《もくあみ》だよ。いや、ひょっとすると、かえって悪くなってるかもしれん。なにしろ怠け癖がついちまって、さっぱり仕事もせずに、もうろく親爺《おやじ》みたいに、ぼそぼそ言ってるだけだからなあ。お次に、うちの老いぼれ婆《ばあ》さん――つまり、お袋さんときたら、十年一日、明けても暮れても婦人解放論さ。片足は棺桶《かんおけ》へ突っこんでるくせに、のこる片っぽの足じゃ、新しい生活の曙《あけぼの》をめざして、むずかしい本のページを、せっせとほっつき回ってるんだ。
アーストロフ　教授閣下は？
ワーニャ　ああ、大先生か。やっこさんは、相変らず朝から夜中まで書斎にとじこもって、何やら書いてござる。
眉《まゆ》に皺《しわ》よせ知恵をしぼって、
朝から晩まで歌を書く、歌を書く。
されど、この身も、わが歌も、
褒《ほ》められたこと　絶えてなし。

ってなわけさ。がりがり書かれる紙こそ、いい面《つら》の皮だよ。いっそのこと、自叙伝でも書いたほうが、よっぽどましだろうにね。こいつはまったく、すばらしい題材だぜ。停年でやめた大学教授でさ、いいかい、カサカサの乾パンでさ、おまけに学のある棒鱈《ぼうだら》ときている。……しかも痛風やみで、リョーマチで、頭痛もちで、その上やっかみと焼もちとで、肝臓肥大症ときている。……その棒鱈がさ、死んだ、前の細君の地所へ、しぶしぶながら転《ころ》がりこんで来た。それというのも、都会ぐらしが、ふところに合わないからさ。やっこさん、自分ほど恵まれない不遇な男はないと、年じゅうこぼしてばかりいるが、じつのところは、あれほど運のいい男は、まあ滅多にないね。（いらいらした調子で）ほんとだよ。なんて運のいい奴《やつ》だ！　たかが寺男の伜《せがれ》がさ、官費で勉強させてもらって、まんまと博士号だの教授の椅子だのにありついてさ、やがて親任官に成りあがった挙句《あげく》に、枢密院《すうみついん》議員のむこさんに納まった、等々といった次第だからなあ。いや、まあ、そんなことはどうだっていい。考えなくちゃならないのは、次の点だ。それはね、まる二十五年のあいだ、やれ芸術だの、やれ文学だのと、書いたり説教したりしてきた男が、そのじつ文学も芸術も、からっきしわかっちゃいないという事実だ。やっこさん二十五年のあいだ、やれリアリズムだ、やれナチュラリズムだ、やれくしゃくしゃイズムだと、人様の考えを受売りして来ただけの話さ。二十五年のあいだ、あいつが喋《しゃべ》ったり書いたりして来たことは、利口な人間にはとうの昔からわかりきったこと、ばかな人間にはクソ面白くもないことなんで、つまり二十五年という月日は、夢幻泡沫《ほうまつ》に等しかったわけなのさ。だのに、やつの自惚《うぬぼ》れようはどうだい。あの思いあがりようはどうだい。こんど停年でやめてみれば、あいつのことなんか、世間じゃ誰ひとり覚えちゃいない。名もなにもありゃしない。つまりさ、二十五年のあいだ、まんまと人さまの椅子《いす》に坐っていたわけだ。ところが見たまえ、あいつはまるで、生神さまみたいに、そっくり返っていやがる。

アーストロフ　いやどうも、君はやっかんでるね。

ワーニャ　ああ、やっかんでるとも。それでいて、あいつの女運のいいことはどうだ。いかなドン・ファンだって、あいつほどの女運には恵まれなかったものなあ。あいつの先妻だった僕の妹は、おとなしい、すばらしい女で、まるであの青空のように清らかで、気高くって、大らかで、あいつの弟子どもよかもっと沢山、崇拝者があったものだ。しかも、まるで天使のような美しい清らかな愛を、あの男にささげていたものだ。あいつの姑《しゅうと》さん、つまり僕のお袋は、いまだにあいつを崇拝している。つまり、あいつめ、こわもてしているというわけだ。おまけに、あいつの後妻ときたら、君も今さっきごらんのとおりの、才色兼備の女性だが、その女までが、すでに老境に入ったあいつの嫁になって、あったら若さと、美貌《びぼう》と、自由と、輝きを、ささげてしまったのだ。妙な話さ。さっぱりわからん。

アーストロフ　あのひとの身持ちはいいのかね。

ワーニャ　残念ながら、さよう。

アーストロフ　なぜ残念なんだい。

ワーニャ　なぜって、あの女の身持ちたるや、徹頭徹尾うそっぱちだからさ。うわべばかり飾り立てて、さっぱり筋が通っちゃいない。厭《いや》で厭でならない老《おい》ぼれ亭主だが、さりとて浮気するのも女の道にはずれる。そのくせ、みじめな我が身の若さと、生きた感情を殺すことは、決して不道徳じゃない。

テレーギン　（泣き声で）ワーニャ、それを言わないでおくれよ。頼むよ、ほんとに。……現在の妻なり夫なりに背《そむ》くのは、つまり不実な人間で、やがては国に叛《そむ》くことにも、なりかねないんだよ。

ワーニャ　（腹だたしげに）口をしめろ、ワッフル。

テレーギン　まあ、お聞きよ、ワーニャ。わたしの女房は、このわたしの男っぷりに愛想をつかして、婚礼のあくる日、好きな男と駆落ちしてしまった。けれどわたしは、その後《ご》も自分の本分に、そむいたことはないよ。今になるまでわたしは、あれが好きだし、実をつくしてもいるし、できるだけは援助もしてやっている。あれと好きな男のあいだにできた娘の養育費に、わたしは財産を投げ出してしまったんだよ。そのため、わたしは不仕合せにゃなったが、気位だけは、ちゃんとなくさずにいる。ところが、あの女はどうだ。若さとも、おさらばだ。人間のご多分にもれず、器量も落ちてしまう。好きな男には、死なれてしまう。……いったい何が残ったろうね。

ソーニャとエレーナ登場。暫《しばら》くしてヴォイニーツカヤ夫人、本を手にして登場し、腰をおろして読む。乳母が茶をすすめると、見もしないで飲む。

ソーニャ　(気ぜわしく乳母に向って) ばあや、百姓たちが来てるのよ。行って、話をしておくれな。お茶は、あたしがするから……(茶をつぐ)

乳母退場。エレーナはコップを取り、ブランコに腰かけて飲む。

アーストロフ　（エレーナに）わたしは、ご主人の診察に伺ったのです。あなたのお手紙によると、ご主人はリョーマチやら何やらで、大そう具合がお悪いとのことでしたが、案外ぴんぴんしておられるじゃありませんか。

エレーナ　昨晩はだいぶ、むずかりましてね。脚が痛むと言っておりましたが、今日はもうけろりとして……

アーストロフ　ところがわたしは、取るものも取りあえず、八里の道を飛ばして来たのです。いやなに、かまいません。何もこれが最初の経験というわけでもないですからね。その代り今夜は、お宅に泊めて頂いて、せめても思う存分、眠らせて頂くとしましょう。

ソーニャ　そうなさるといいわ。お泊りになるなんて、滅多にないことですもの。おひる、まだなんでしょう。

アーストロフ　ええ、じつはまだなんです。

ソーニャ　ちょうどいいわ、召し上がってくださいましね。うちではこの頃、お昼は六時すぎなんですのよ。（お茶を飲んで）まあ、冷たいお茶！

テレーギン　サモワールの温度は、非常に低下しております。

エレーナ　結構よ、イワン・イワーヌィチ、冷たくても頂きましょうよ。

テレーギン　失礼ですが……。わたくしは、イワン・イワーヌィチじゃなくて……イリヤ・イリイーチと申しますんで。……イリヤ・イリイーチ・テレーギン、一名、ワッフルと申しますのは、このとおりのあばた面だもので、口の悪い人がつけた仇名《あだな》なのでございます。わたくしは、その昔、そのソーニャちゃんの名付親になったことがありますし、ご主人の教授閣下にも、かねがねご昵懇《じっこん》に願っております。目下のところ、このお屋敷内にご厄介《やっかい》になっておりますので……お目にとまりましたかどうですか、とにかく毎日ご一緒に食事をさせて頂いている者でございます。

ソーニャ　テレーギンさんは、よく私たちの仕事をすけてくだすって、大切な片腕なんですのよ。(優しく) 小父さん、おあけなさいな、もう一杯ついであげましょう。

ヴォイニーツカヤ夫人　おお！

ソーニャ　どうかなすって、おばあさま。

ヴォイニーツカヤ夫人　アレクサンドルに言うのを忘れたよ……どうも覚えが悪くなってね……今日、ハリコフのパーヴェルさんから手紙が来たのさ。……こんど出しなすったパンフレットを、送ってくだすったんだよ。……

アーストロフ　面白いものですか。

ヴォイニーツカヤ夫人　面白いけれど、なんだか妙な気もしますよ。七年まえ、さんざん肩を持った説を、今度は否定していなさるんだからね。呆《あき》れたものですよ。

ワーニャ　なあに呆れることはないでさ。まあ、お茶でもあがったら、お母さん。

ヴォイニーツカヤ夫人　でもわたしは、話がしたいんだよ。

ワーニャ　だが、私たちはこれでもう五十年も、のべつお喋《しゃべ》りをしたり、パンフレットを読んだりして来たじゃありませんか。いいかげんでもう、やめてもいい時分ですよ。

ヴォイニーツカヤ夫人　お前は、どういうわけだか、わたしの話を聞くのがお厭《いや》と見えるね。悪かったらあやまるけれど、ジャン、お前はこの一年のうちにすっかり変ってしまって、今じゃ別な人を見るような気がしますよ。……以前は、ちゃんとした信念のある、明るい人間だったが。……

ワーニャ　ええ、そうですとも！　僕は明るい人間でしたが、そのくせ誰一人として、明るくしてはやれなかった。……（間）この僕が明るい人間だった。……これほど毒っ気の強い皮肉は、ほかにちょっとないな。僕もこれで四十七です。去年までは僕もあなたと同じように、あなたのその屁理屈《へりくつ》でもって、わざと自分の目をふさいで、この世の現実を見まい見まいとしていたものです、――そして、それでいいのだと思っていました。ところが今じゃ、一体どんなざまになっているとお思いです！　僕は、腹が立って、いまいましくって、夜もおちおち眠れやしない。望みのものがなんでも手にはいったはずの若い時を、ぼやぼや無駄にすごしてしまって、この年になった今じゃ、もう何ひとつ手に入れることができないんですからねえ！

ソーニャ　ワーニャ伯父さん、面白くないわ、そんなお話！

ヴォイニーツカヤ夫人　（息子に）お前は自分の昔もっていた信念を、なんだか怨《うら》みに思っておいでのようだね。……けれど、悪いのは信念ではありません、お前自身なのだよ。信念そのものはなんでもない、ただの死んだ文字だということを、お前は忘れていたのです。……仕事をしなければならなかったのですよ。

ワーニャ　仕事ですって？　だが人間みんながみんな、物を書く自働人形になれるとは限りませんからね、――あなたの教授閣下みたいにねえ。

ヴォイニーツカヤ夫人　それは一体なんのこと？

ソーニャ　（哀願するように）おばあ様！　ワーニャ伯父さん！　後生ですから！

ワーニャ　黙るよ。黙って、あやまるよ。

間。

エレーナ　いいお天気だこと、きょうは。……暑くもなし。……

　間。

ワーニャ　こんな天気に首をくくったら、さぞいいだろうなあ。……

　テレーギン、ギターの調子を合せる。マリーナ、家のまわりを歩きながら庭鳥を呼ぶ。

マリーナ　とう、とうとうと……
ソーニャ　ばあや、百姓たちは何しに来たの？
マリーナ　相変らず一つことですよ、あの荒地のことですよ。とう、とうとうと……
ソーニャ　何を呼んでるのさ。
マリーナ　ぶちのめん鶏《どり》が、ひよっ子を連れて、どこかへ行ってしまったんですよ。……鴉《からす》にさらわれなけりゃいいが……（退場）

　テレーギン、ポルカを弾《ひ》く。一同だまって聞き入る。下男登場。

下男　お医者さまはこちらですか。（アーストロフに）おそれいりますが、アーストロフ先生、お迎えが参りました。
アーストロフ　どこからだい。
下男　工場《こうば》からで。
アーストロフ　（いまいましげに）ありがたい仕合せだ。とにかく、行かなきゃなるまい。……（帽子を目で捜す）ちえっ、いまいましい……
ソーニャ　ほんとに、お気の毒ねえ。……工場のご用が済んだら、おひるをあがりにいらしてくださいね。
アーストロフ　いいや、晩《おそ》くなるでしょう。どうして……とてもとても……（下男に）君すまないが、ウオトカを一杯たのむよ、ほんとにさ。（下男退場）どうして……とても……とても……（帽子を見つける）オストローフスキイのなんとかいう芝居にね、ばかでっかい口髭を生《は》やした、さっぱり能のない男が出てくるが。……僕がつまりそれだな。では皆さん、失礼します。……（エレーナに）もしそのうち、このソーニャさんとご一緒に、わたしのところへもお立寄り願えたら、ほんとに嬉《うれ》しく存じます。地所といっても僅《わず》かなもので、三十町歩そこそこですが、まあご興味がおありでしたら、三百里四方どこを捜してもないような、模範的な庭と、苗木の林をごらんに入れます。うちの地所の隣に、官有林がありましてね。……そこの森番が年寄りで、おまけに病気ばかりしているものですから、実際のところ、この私が、何から何まで采配《さいはい》をふっているようなものです。

エレーナ　あなたが大そう森や林のお好きな方だということは、もう承っておりますわ。それはもちろん、たいへん世の中のためになることには違いないでしょうけれど、でもご本職の邪魔にはなりませんこと？　だって、お医者さまでらっしゃいますものね。

アーストロフ　何がわれわれの本職か、ということは、神さまだけがご存じです。

エレーナ　で、面白くていらっしゃる？

アーストロフ　ええ、面白い仕事です。

ワーニャ　（皮肉に）すこぶるね！

エレーナ　（アーストロフに）あなたはまだ、お若くてらっしゃるわ、お見受けするところ……そうね、三十六か七ぐらい。だから本当は、おっしゃるほどには面白がってらっしゃらないのよ。しょっちゅう森や林のことばっかり。それじゃあんまり単調だとあたし思うわ。

ソーニャ　いいえ、それがとても面白いんですの。アーストロフさんは毎年々々《まいねん》、あたらしい林を植えつけて、そのご褒美《ほうび》にもう、銅牌《どうはい》だの賞状だのを、もらっていらっしゃいますの。古い森が根絶やしにならないように、いつも骨折ってらっしゃるんです。このかたの話をとっくりお聞きになったら、きっとなるほどとお思いになりましてよ。ドクトルのお説だと、森林はこの地上を美しく飾って、美しいものを味わう術《すべ》を人間に教え、おおどかな気持を吹きこんでくれる、とおっしゃるんですの。森林はまた、きびしい気候を和《やわ》らげてもくれます。気候のおだやかな国では、自然との闘いに力を費やすことが少ないので、したがってそこに住む人間の性質も、優しくて濃《こま》やかです。そういう土地の人間は、顔だちが好《よ》くって、しなやかで、ものに感じやすく、言葉はみやびやかで、動作はしとやかです。そこでは学問や芸術が栄え、哲学も暗い色合いを帯びず、婦人にたいする態度も、上品で優美です。……

ワーニャ　（笑いながら）いや、ブラボー、ブラボー……お説は一々ごもっともだが、疑問の余地もなきにしも非《あら》ずだね。だからね（とアーストロフに）僕だけには一つ、相変らずストーブに薪《まき》をくべたり、材木を使って小屋を建てたりすることを、お許しねがいたいものだね。

アーストロフ　ストーブなら泥炭《でいたん》を焚《た》けばいいし、小屋なら石で造ればいいじゃないか。もっとも、必要とあらば、木を伐《き》り出すのに反対はしないが、わざわざ森を根絶やしにする必要が、どこにある？　今やロシアの森は、斧《おの》の下でめりめり音を立てているよ。何十億本という木が滅びつつあるし、鳥やけものの棲家《すみか》は荒されるし、河はしだいに浅くなって涸《か》れてゆくし、すばらしい景色も、消えてまた返らずさ。というのも、人間というやつが元来無精者で、腰をまげて地面から焚物《たきもの》を拾うだけの才覚がないからさ。（エレーナに）そうじゃないでしょうか、ねえ、奥さん。あれほど美しいものをストーブで燃しちまったり、われわれの手では創《つく》り出せないものを滅ぼしてしまうような乱暴は、よっぽど無分別な野蛮人ででもない限り、できるはずはありませんよ。人間は物を考える理性と、物を創り出す力とを、天から授かっています。それでもって、自分に与えられているものを、ますます殖やして行けという神さまの思召《おぼしめ》しなんです。ところが、今日《こんにち》まで人間は、創り出すどころか、ぶち毀《こわ》してばかりいました。森はだんだん少なくなる、河は涸れてゆく、鳥はいなくなる、気候はだんだん荒くなる、そして土地は日ましに、愈々《いよいよ》ますます痩《や》せて醜くなってゆく。（ワーニャに）そらまた君は、例の皮肉な目で僕を見ているね。僕の言うことは残らずみんな、君には真面目《まじめ》に受けとれないんだ。もっとも……もっとも、こうしたことは実際のところ、正気の沙汰《さた》じゃないかもしれん。しかしね、僕のおかげで、伐採の憂目《うきめ》をまぬかれた、百姓たちの森のそばを通りかかったり、自分の手で植えつけた若木の林が、ざわざわ鳴るのを聞いたりすると、僕もようやく、風土というものが多少とも、おれの力で左右できるのだということに、思い当るのだ。そして、もし千年ののち人間が仕合せになれるものとすれば、僕の力も幾分はそこらに働いているわけなのだと、そんな気がしてくるのだ。白樺《しらかば》の若木を自分で植えつけて、それがやがて青々と繁《しげ》って、風に揺られているのを見ると、僕の胸は思わずふくらむのだ。そして僕は……（下男がウオトカのグラスを盆にのせてくるのを見て）だがしかし……（飲む）もう行かなけりゃならん。まあ結局のところは、こんなことは一切、正気の沙汰じゃないかもしれないがね。ではご機嫌よう、皆さん！（家のほうへ行く）

ソーニャ　（彼と腕を組んでいっしょにゆく）今度はいつおいでになって？

アーストロフ　わかりませんな。……

ソーニャ　また、ひと月もしてから？……

アーストロフとソーニャ、家の中へはいる。ヴォイニーツカヤ夫人とテレーギンが、テーブルのそばに残る。エレーナとワーニャは、ベランダのほうへ行く。

エレーナ　ワーニャさん、またあなたは、やんちゃぶりを発揮なすったのねえ。わざわざ自働人形なんてことを言いだして、お母さまの気を悪くしないじゃいられないのね！　けさの食事の時も、またアレクサンドルと言い合いをなさるし、つまらないことだわ。

ワーニャ　だがもし、わたしが本気であの人を憎んでいるとしたら！

エレーナ　アレクサンドルを憎むなんて、意味ないことよ。あの人だって、べつに変った人間じゃないんですもの。あなたより悪い人でもなし。

ワーニャ　もしもあなたが、自分の顔や、自分の立ち居振舞いを、われとわが目で見られたらなあ。……あなたは生きているのが、じつに大儀そうですよ！　じつになんとも、大儀そうですよ！

エレーナ　ええそりゃあ、大儀でもあり、退屈でもありますわ！　みんな寄ってたかって、宅の悪口ばかり言って、あたしを気の毒そうな目で見るのよ。可哀《かわい》そうに、あんな年寄りの亭主を持ってさ、と言わんばかりにね。そういって同情してくださる気持――それは本当によくわかるの！　現にさっき、アーストロフさんも仰《おっ》しゃったとおり、あなたがたはみんな、分別もなく森を枯らしてばかりいるので、まもなくこの地上は丸坊主《まるぼうず》になってしまうんだわ。それと同じように、あなたがたは、分別もなしに人間を枯らしているので、やがてそのおかげで、この地上には貞節も、純潔も、自分を犠牲にする勇気も、何ひとつなくなってしまうでしょうよ。どうしてあなたがたは、自分のものでもない女のこと、そう気に病むんでしょうねえ。わかっていますわ、それはドクトルの仰《おっ》しゃるとおり、あなたがたは一人のこらず、破壊とやらの悪魔をめいめい胸の中に飼ってらっしゃるからなのよ。森も惜しくない、鳥も、女も、お互い同士の命も、何ひとつ大事なものはない。……

ワーニャ　僕、そんな哲学は嫌《きら》いですよ！（間）

エレーナ　あのドクトルは、疲れきったような神経質な顔をしてらっしゃるわね。いい顔だわ。ソーニャはどうやら、あの人が好きで、恋しているらしいけれど、その気持はあたしにもわかるの。あたしが来てから、あの人はもう三度もここへ見えたけれど、あたしは内気なたちだもので、一度もゆっくりお話ししたこともないし、やさしい言葉一つかけてあげたこともない。ずいぶん意地の悪い女だと、思ってらっしゃるでしょう。ねえワーニャさん、あなたとあたしがこんなに仲がいいのも、きっと二人とも陰気くさい、わびしい人間だからなんでしょうね！　ほんとに私たち、陰気くさいわ！　そんなに人の顔を見るものじゃなくてよ。あたしそんなこと嫌い。

ワーニャ　じゃあほかに、どんな眺めようがあるというんです、こんなにあなたが好きなのにさ！　あなたは、わたしの悦《よろこ》びです。わたしの命です、わたしの青春です！　そりゃもちろん、思い思われるという見込みがほとんどなくて、まずゼロに等しいことぐらい、よく心得ています。が僕は、何もいらない。ただあなたの顔を眺め、あなたの声を聞くことさえできれば……

エレーナ　しっ、人が聞きますよ！　（家へはいろうとする）

ワーニャ　（あとを追いながら）好きだと言ったっていいじゃありませんか。どうぞそう邪慳《じゃけん》にしないでください。それだけでもう、僕はほんとに仕合せなんです。……

エレーナ　ああ、困ったわ。……（二人、家の中へ消える）

テレーギン、ギターの弦を打って、ポルカを弾く。ヴォイニーツカヤ夫人はパンフレットの余白に何やら書きこんでいる。

――幕――

第二幕

セレブリャコーフ家の食堂。――夜。――庭で夜回りが拍子木《ひょうしぎ》を打つ音。

セレブリャコーフ、あけ放した窓の前の肘《ひじ》かけ椅子《いす》にかけて、まどろんでいる。エレーナ、その傍《そば》で、やはりまどろんでいる。

セレブリャコーフ　（目がさめて）誰だ、そこにいるのは？　ソーニャかい？

エレーナ　あたしですよ。

セレブリャコーフ　レーノチカ、お前か。……どうも、たまらないほど痛むよ！

エレーナ　膝《ひざ》かけが、床《ゆか》へ落ちてるわ。（両足をくるんでやる）いかがアレクサンドル、窓をしめましょうか。

セレブリャコーフ　いいや、息苦しくてならん。……今しがた、うとうとしたら、妙な夢を見たよ。わたしの左脚が、人のものになってしまったのさ。あんまり痛むので目がさめた。いや、こいつは痛風じゃない、どっちかといえば、リョーマチのほうだ。今なん時だね？

エレーナ　十二時二十分すぎ。（間）

セレブリャコーフ　朝になったら、図書室でバーチュシコフの全集を捜してみておくれ。たしか、うちにあったと思うが。

エレーナ　ええ？

セレブリャコーフ　朝になったら、バーチュシコフを捜してくれ、というんだよ。たしか、あったような気がする。だが、なんだって、こう息苦しいんだろうなあ？

エレーナ　お疲れだからですよ。これでふた晩も、おやすみにならないのですもの。

セレブリャコーフ　ツルゲーネフは、痛風から扁桃腺《へんとうせん》が腫《は》れたという話だ。わたしも、そうならなければいいが、まったく、年をとるということは、じつになんともはや厭《いや》なことだな。いまいましい。年をとるにつれて、われとわが身がつくづく厭になるよ。お前たちだってみんな、このわたしを見るのが、さぞ厭だろうなあ。

エレーナ　年をとった年をとったって、まるでそれが、あたしたちのせいみたいに仰《おっ》しゃるのね。

セレブリャコーフ　さしずめお前なんか、いちばんわたしを見るのが厭な組だろうよ。

エレーナ立ちあがって、少し離れたところに腰をおろす。

セレブリャコーフ　お前がそう思うのも、無理はないさ。わたしもばかじゃないから、そのぐらいのことはわかる。お前は若くて、健康で、器量よしで、生きる望みに燃えている。だのに、わたしは老いぼれで、まずもって死人も同然だ。今さら、どうしようもないじゃないか？　そのへんのことが、わからんわたしだとでも言うのかね？　そりゃもちろん、わたしがこの年まで生きてきたのは、ばかげたことさ。だが、もう暫《しば》らくの辛抱だ。じきにお前たちみんなに、厄介払いさせてやるからな。そういつまで、ぐずぐずしているわけにもゆくまいからなあ。

エレーナ　あたし、病気になってしまう。……後生だから、何もおっしゃらないで。

セレブリャコーフ　お前の言うことを聞いていると、まるでわたしのせいでみんな病気になって、退屈して、せっかくの若い盛りを虫ばまれているのに、このわたしだけが生活を楽しんで、なに不足なく暮しているように聞えるね。うん、まあ、そんなこったろうね！

エレーナ　何もおっしゃらないでよ！　まるで責め殺されるみたいだわ！

セレブリャコーフ　どうせそうだよ、みんなわたしに責め殺されるのさ。

エレーナ　（泣き声で）ああ、たまらない！　だから、このあたしに、どうしろと仰しゃるの？

セレブリャコーフ　別にどうとも。

エレーナ　それじゃ、もう何もおっしゃらないでよ。後生だから。

セレブリャコーフ　妙な話じゃないか。あのワーニャだの、脳みその腐ったお袋さんだのが喋《しゃべ》りだすと、みんな一も二もなく、黙って拝聴するが、わたしが一言《ひとこと》でも口を利《き》こうものなら、すぐみんな白けた顔をするんだ。声を聞いても、ぞっとするというやつだ。なるほど、わたしは厭なやつで、がりがり亡者《もうじゃ》で、暴君かもしれない。――だがそれにしたって、わたしはこの年になってまで、自分の意見を持ちだすいささかの権利もないと、いうのだろうか？　わたしは、それだけの値打ちもない男なのだろうか？　どうだね、わたしは気楽な老後を送る権利もなければ、人様にいたわってもらう資格もない人間なのかね。

エレーナ　誰も、あなたの権利のことなんぞ、とやかく言ってやしないわ。（窓が風にあおられてバタンとしまる）風が出てきた、窓をしめましょう。（しめる）一雨来そうだわ。誰もあなたの権利のことなんぞ、とやかく言ってやしないわ。

間。夜番が庭で拍子木を打ち。鼻唄《はなうた》をうたう。

セレブリャコーフ　わたしは一生涯、学問に身をささげ、書斎になじみ、講堂に親しみ、れっきとした同僚たちと交際してきたものだ。――それが突然、いつのまにやら、こんな墓穴みたいなところへ追いこまれて、来る日も来る日も、愚劣なやつらを見たり、くだらん話を聞かなければならんのだ。……わたしは生きたい、成功がしたい、有名になって、わいわい言われたい。ところが、ここときた日にゃ、まるで島流しみたいなものじゃないか。のべつ幕なしに、昔のことをなつかしがったり、他人の成功を気に病んだり、死神の足音にびくついたりする。……ああ、たまらん！　やりきれん！　だのにここの連中は、わたしの老後を、いたわってもくれないのだ！

エレーナ　もう少しの辛抱よ。もう五、六年もすれば、あたしもお婆《ばあ》さんになりますわ。

ソーニャ登場。

ソーニャ　お父さま、あなたはご自分で、アーストロフ先生を呼べと仰しゃったくせに、いざあの方が見えると、会おうともなさらないのね。失礼よ。人さまにご迷惑をかけっぱなしで……
セレブリャコーフ　お前さんのアーストロフなんか、わたしになんの用がある？　あの男の医学の知識は、わたしの天文学ぐらいなところだろうて。
ソーニャ　まさかお父さまの痛風のため、医科大学の先生総出で、来ていただくわけにもゆきませんわ。
セレブリャコーフ　あんな唐変木《とうへんぼく》とは、わたしは話もしたくないよ。
ソーニャ　どうぞご勝手に。（坐《すわ》る）わたし一向かまいません。
セレブリャコーフ　なん時だね？
エレーナ　十二時すぎ。
セレブリャコーフ　どうも息苦しい。……ソーニャ、テーブルの上の水薬を取っておくれ。
ソーニャ　はい。（水薬をわたす）
セレブリャコーフ　（いらだって）ええ、それじゃない！　用事ひとつ頼めやしない。
ソーニャ　そう駄々をこねないでちょうだい。そんなこと、人によっては好きかもしれないけれど、わたしは、真っ平ご免ですわ！　わたし、そんなお相手をしている暇はないの。明日《あした》は草刈だから、早起きしなければならないの。

ワーニャ、部屋着すがたで、蠟燭《ろうそく》を持って登場。

ワーニャ　いよいよ一荒れくるぞ。（稲妻）そうら来た。エレーナさんもソーニャも、向うへ行っておやすみ。僕が代るから。

セレブリャコーフ　（おびえたように）いや、それは困る！　この人のお相手だけは勘弁してくれ。喋《しゃべ》りだしたら最後、きりがないから。

ワーニャ　しかし、この連中だって、休ませてやらなきゃいけませんよ。これでふた晩も寝ていないのですからね。

セレブリャコーフ　ああ、勝手に行って寝るがいい。だが君も行ってくれたまえ。後生だ。お願いだ。昔のよしみに免じて、このまま引取ってくれたまえ。あとでまた話そう。

ワーニャ　（冷笑を浮べて）昔のよしみか……昔のね……

ソーニャ　およしになって、ワーニャ伯父さん。

セレブリャコーフ　（妻に）ねえ、お前。たのむから、この人と二人っきりにしないでおくれ！　喋りだしたら、際限がないからね。

ワーニャ　こうなると、むしろ滑稽《こっけい》だよ。

マリーナ、蠟燭を手に登場。

ソーニャ　はやく寝たらいいのにさ、ばあや。もう晩《おそ》いのよ。

マリーナ　サモワールがまだ出しっ放しになっていますもの。おいそれと寝られも致《いた》しませんよ。

セレブリャコーフ　みんな寝られないで、へとへとなのに、わたし一人、泰平楽を並べているわけだな。

マリーナ　（セレブリャコーフに近寄って、やさしい声で）いかがですか、旦那《だんな》さま。お痛みですか？　わたくしも、この脚《あし》がやはり、ずきずきしておりますよ。（膝掛を直してやる）このご病気も、ずいぶん久しいことでございますね。ソーニャちゃんの母御の、亡《な》くなったヴェーラさまだっても、幾晩も寝ずに、苦労なすったものでございましたよ。……あのとおりの旦那さま想いでらっしゃいましたからねえ。……

（間）年寄りというものは、子供も同じこと、いたわってもらうのが何よりの慰めなのに、誰ひとり年寄りなんぞ、いたわってくれる人はありませんよ。（セレブリャコーフの肩に接吻する）さ、旦那さま、お寝床へ参りましょう。……さあさあ、参りましょう。……菩提樹《ぼだいじゅ》の花のお茶を、入れて差上げましょう、おみ足を温《ぬく》めて差上げましょう。……よくおなりになるように、神さまに祈って差上げましょう。……

セレブリャコーフ　（感動して）ああ行こう、ばあや。

マリーナ　わたくしだっても、この脚が、ずきずきいたしますよ……ずきずき。（ソーニャと共に教授を連れてゆきながら）亡くなったヴェーラさまは、しょっちゅう気をもみなすって、涙をこぼしておいででしたよ。……このソーニャちゃんも、あのころはまだ、ほんとにお小さくって、頑是《がんぜ》なくって。……さあさ、おいでなさいまし、旦那さま。……

セレブリャコーフ、ソーニャ、マリーナ退場。

エレーナ　あの人のおかげで、へとへとだわ。今にも倒れそうだわ。

ワーニャ　あなたは、あの人のおかげ。ところが僕は、ほかならぬ僕自身のおかげで、すっかりへとへとですよ。これでもう三晩も寝ないんですからね。

エレーナ　おかしな家ですことね、ここは。あなたのお母さまは、パンフレットとお婿《むこ》さんのほかはいっさいお嫌い、そのお婿さんといったら、癇癪《かんしゃく》ばかり起して、あたしを信用してくれず、あなたの前でびくびくしているし。ソーニャはソーニャで、父親に当り散らすばかりか、あたしにまでぷりぷりして、これでもう二週間も口を利《き》いてくれません。あなたはどうかというと、宅がお嫌いで、現在のお母さまをてんでばかにしてらっしゃる。あたしはもう気がいらいらして、今日なんか、二十ぺんも泣きたくなったわ。……おかしな家ですことね、ここは。

ワーニャ　哲学はよしましょう。

エレーナ　ねえ、ワーニャさん、あなたは教育のある、頭のできたかたですから、おわかりのはずだと思いますけど、この世の中を滅ぼすのは、強盗でも火事でもなくって、むしろ怨《うら》みだとか憎しみだとか、そういったごくつまらないいざこざなのですわ。……ですからあなたも、不平ばかり仰しゃらずに、みんなを仲直りさせる役にお回りになるといいわ。

ワーニャ　じゃ、まず第一に、この僕を僕自身と仲直りさせてください。ああ、エレーナさん……（彼女の手に唇《くちびる》を当てようとする）

エレーナ いけません！ （手を振りはなす） あちらへいらしって！

ワーニャ もうじき雨もあがるでしょう。そして草も木もあらゆるものが生き生きとよみがえって、胸いっぱい息をつくことでしょう。しかし僕だけは、あらしも神鳴りも、心の曇りを洗い落してはくれないのだ。自分の一生はもう駄目だ、取返しがつかない、という考えが、まるで主《ぬし》か魔物のように、よる昼たえまなしに、僕の胸におっかぶさっているのです。過ぎ去った日の、思い出もない。くだらんことに、のめのめと浪費してしまったからです。じゃ現在はどうかと言うと、いやはやなんともはや、なっちゃいない。これでも僕は生きているつもりです。これでも僕は、人間らしい愛情を持っているつもりです。だがそれを、一体どうしたらいいんです？ どうしろとおっしゃるんです？ 僕の人間らしい気持は、まるで穴ぼこに射《さ》した陽《ひ》の光のように、むなしく消えてゆくんです。そして僕という人間も、自滅してゆくんです。

エレーナ あなたが、その愛だの愛情だのという話をなさると、あたしはなんだかぼうっとしてしまって、どう言っていいかわからなくなるわ。済まない――とは思いますけれど、何ひとつ申しあげることができないの。（行こうとする） おやすみなさい。

ワーニャ　（立ちふさがって）それだけじゃありません。この家のなかで、もう一つの命――そのあなたの命が、やっぱりじりじりと虫ばまれてゆくのを見ると、僕はもう居ても立ってもいられないんです。一体あなたの行く手に、どんな望みがあるというのです。ろくでもない哲学で、自分の命をちぢめるのは、もういいかげんにしましょう。それがわかったら、ねえ、それがわかったら……

エレーナ　（じっと男の顔を見る）ワーニャさん、あなた酔ってらっしゃるのね！

ワーニャ　そうかもしれない、そうかも……

エレーナ　ドクトルはどこ？

ワーニャ　あっちです……僕の部屋に泊っています。ふむ、そうかもしれない、大いにそうかもしれない。……何がもちあがるか、わかったものじゃないからなあ！

エレーナ　今日もまた、お飲みになったのね！　一体どういうおつもり？

ワーニャ　少しは、生きてるような気がしますからね、飲むと。……ほっといてください、エレーナさん！

エレーナ　以前は、一滴もあがらないし、そんなお喋り屋さんでもなかったあなたなのに。……さ、あちらへいらして、おやすみなさい！　あなたの相手は、退屈ですわ。

ワーニャ　（また女の手に唇を当てようとする）わたしの大事な……エレーナさん！
エレーナ　（腹だたしげに）さわらないでちょうだい。ほんとに厭《いや》だこと。

退場。

ワーニャ　（一人）行ってしまった。……（間）死んだ妹のところで、おれは十年前、ちょいちょいあの人に逢《あ》ったものだ。あの人は十七で、おれは三十七だった。なんだっておれはあの時、あの人に恋して、さっさと結婚を申込まなかったのだろう。造作もなかったのになあ！　そうすれば、今はもうちゃんと、あの人はおれの細君なのになあ。……そう。……さしずめ今ごろは、二人ともあのどしゃ降りで目をさまして、あの人が神鳴りの音におびえると、おれはしっかり抱きしめてやって、「大丈夫だよ、僕がついてるからね」――そう囁《ささや》いてやる。ああ、すばらしい夢だ。じつにすてきだ、思わずにっこりしたくなるほどだ。だが、いかんいかん、おれはまた頭の中がこんぐらかってきたぞ。……なぜおれは年をとってしまったのだ？　なぜおれの気持があの人に通じないのだ？　あの飾り気たっぷりの言い回し、カビの生えた女大学式な考え、世の中を滅ぼすものとかなんとかいう、愚にもつかない屁《へ》理屈――いやはや、じつにやりきれん。（間）それにしてもおれは、まんまと一杯くったものだなあ！　あの教授閣下を――あのやくざな痛風やみを、おれは心底《しんそこ》から崇拝して、まるで牛みたいにやつのために働いてきたのだ！　おれはソーニャと二人で、この地所から、最後の一しずくまで搾《しぼ》り上げてしまった。おれたちは高利貸みたいなまねまでして、胡麻《ごま》の油だの、豌豆《えんどう》まめだの、チーズだのを売りさばいて、自分たちは食う物も食わずに、一銭二銭の小銭から何千という金を積み上げて、あいつに仕送りしてやったのだ。おれは、あいつやあいつの学問が自慢で、それがおれの生き甲斐《がい》でもあれば励みでもあったのだ！　あいつの言うこと書くこと、みんなおれにはすばらしい天才的なものに思えた。……ふん、ところが今はどうだい。あいつがいざ退職してみれば、あいつが一生かかって何をやり上げたか、今じゃすっかり見透しだ。あいつが死んだあと、一ページの仕事だって残るものか。あいつは名もない馬の骨だ、ゼロだ！　シャボンの泡《あわ》だ！　おれはまんまと騙《だま》されたんだ……今こそわかった――きれいさっぱり騙されたんだ。……

アーストロフがチョッキもネクタイもなしのフロック姿で登場。一杯機嫌である。あとからテレーギンが、ギターをかかえて出る。

アーストロフ　おい、弾《ひ》けよ！

テレーギン　皆さん、おやすみじゃないか。

アーストロフ　いいから弾けったら。

テレーギン、そっと弾く。

アーストロフ　（ワーニャに）君ひとりかい？　ご婦人はいないのかね？（腰に手を当てがって、小声で唄《うた》う）「家鳴り震動、ペチカも踊る、亭主ゃどこにも、寝られない」……ってね。僕は神鳴りのおかげで目がさめちまった。ひどい降りだったね。もう何時だろう！

ワーニャ　誰が知るもんか。

アーストロフ　なんだか、エレーナさんの声がしていたようだが。

ワーニャ　ついさっきまで、ここにいたよ。

アーストロフ　まったく、窈窕《ようちょう》たる美人だなあ。（テーブルの上の薬壜《びん》を改めてみる）みんな薬だ。あらんかぎりの処方が、ずらり行列してるわけだ。ハリコフのも、モスクワのも、トゥーラのも。……あの人の痛風のおかげで、泣かされなかった町は一つだってあるまい。ほんとに病気なのかい、それとも仮病かい。

ワーニャ　本物さ。(間)

アーストロフ　ばかに沈んでるじゃないか。教授が気の毒だとでも言うのかい?

ワーニャ　ほっといてくれ。

アーストロフ　それとも、教授夫人に恋患《こいわずら》いかね。

ワーニャ　あの人は僕の親友だ。

アーストロフ　おや、もう?

ワーニャ　その「もう」というのは、どういう意味だ。

アーストロフ　女が男の親友になるまでには、こういう手順がいるものだ。――はじめは友達、それから恋人、さてその先が親友。

ワーニャ　俗物哲学だ。

アーストロフ　へえ?　いや、なるほど。……白状すりゃあ、僕もそろそろ俗物の仲間入りさ。現にこのとおり、結構酔っぱらいもするしね。まあ大抵ひと月に一度は、こんなふうに深酒をする。そして、酔っぱらったが最後、僕は思いっきりもう、ずうずうしい鉄面皮になる。僕の目には世の中が一切合財《いっさいがっさい》、一文の値打ちもなくなってしまうんだ。うんとむずかしい手術にも平気で手をつけて、ものの見事にやってのける。どえらい未来の計画を、でっち上げてみたりもする。そうなるともう、自分がただの唐変木とは思えなくなって、天晴《あっぱ》れ人類に偉大な貢献をすべき人物に見えてくる……偉大なる貢献をね！　そうなったらもう、僕独特の堂々たる哲学体系が出現して、君たち仲間はみんな、虫けらか微生物みたいに見えてくる。（テレーギンに）ワッフル、弾けよ。

テレーギン　そりゃ、あんたの頼みだから、わたしゃ喜んで弾くけどね、まあ考えてもごらん、——家《うち》じゅうみんな寝てらっしゃるじゃないか。

アーストロフ　まあ弾けったら！

テレーギン、そっと弾く。

アーストロフ　もう一杯やらなきゃ駄目だ。行こう。あっちにはまだ、コニャックが残っていたはずだ。そして夜が明けたらすぐ、僕の家へ行こうじゃないか。いいね？　うちの助手のやつはね、「いいね」とは決して言わない、きまって「よかね」って言うんだ。おっそろしい強突張《ごうつくば》りでね。じゃ、よかね？（はいってくるソー

ニャを見て）これは失礼、ネクタイもしないで。（急いで退場。テレーギンあとに従う）

ソーニャ　まあ、ワーニャ伯父さん、またドクトルとお飲みになったのね。どっちもどっちだわ。でも、あの方は今に始まったことじゃないけれど、一体どうなすったの、あなたは、いい年をして、おかしいわ。

ワーニャ　年なんか関係ないさ。本当の生活がない以上、幻に生きるほかはない。とにかく、何もないよかましだからね。

ソーニャ　草刈はすっかり済んだというのに、まいにち雨ばっかり、せっかくの草がみんな腐りかけているわ。だのにあなたは、幻を追うのがご商売なのね。うちの仕事を、すっかり投げだしておしまいになったのね。……働くのは私っきり、精も根も尽きてしまったわ。……（驚いて）あら伯父さん、涙なんか！

ワーニャ　なあに、涙なもんか。なんでもないよ……つまらんことさ。……今お前さんが私を見た目つきが、亡《な》くなったお前のお母さんにそっくりだったのさ。可愛《かわい》いソーニャ……（むさぼるように、姪《めい》の手や顔にキスする）ああ妹……おれの可愛い妹……お前は今どこにいるんだ？　あれが知ってくれたらなあ！　ああ、あれが知ってくれたらなあ！

ソーニャ　何を？　伯父さま、何を知ってくれたらと仰しゃるの？

ワーニャ　つらいんだよ、苦しいんだよ。……いや、なんでもない。……やがて……いやなんでもない。……どれ、行くとしようか……（退場）

ソーニャ　（ドアをノックする）アーストロフさん！　起きてらっしゃる？　ちょっとお願い！

アーストロフ　（ドアの向うで）ただいま！　（やや暫《しばら》くして登場。ちゃんとチョッキとネクタイをつけている）何かご用ですか。

ソーニャ　どうせお好きなものなら、ご自分だけでお飲みになるといいわ。ただお願いですから、伯父には飲ませないでくださいましね。あの人には毒ですから。

アーストロフ　わかりました。もう一緒にはやりますまい。（間）私は今すぐ家へ帰ります。思い立ったが吉日ですからね。馬車に馬をつけているうちに、そろそろ明るくなるでしょう。

ソーニャ　雨が降っていますわ。朝までお待ちになったら。

アーストロフ　神鳴りは、それて行きました。降られたにしても、大したことはありますまい。どれ、出掛けるとしましょう。あらためてお願いしておきますが、今夜はもう、お父さまのところへ私をお呼びにならないでください。私が、痛風だと申しあげると、お父さまはリョーマチだと仰しゃる。寝てらっしゃいと言うと、起きてらっしゃる。今日なんかは、てんでもう口も利《き》いてくださらん始末ですからねえ。

ソーニャ　甘やかされつけているものですから。（食器棚の中を捜す）何かちょっとめしあがりません？

アーストロフ　そうですね、頂きましょうか。

ソーニャ　私は、夜なかに頂くのが好きですの。何か戸棚のなかに、ありますわ。父は若い頃から、ずいぶん女の人にもてたそうですから、おかげですっかり甘やかされてしまったのですの。このチーズ、いかが？（二人とも食器棚の前に立って食べる）

アーストロフ　私は今日、なんにも食べずに、飲んでばかりいました。あなたのお父さんは、じつに気むずかしい人ですね。（棚から酒瓶をおろして）よろしいですか？（一杯ついで飲む）ここには誰もいないから、ざっくばらんなお話ができますが、どうもこのお宅は、わたしには一月《ひとつき》と我慢ができそうもありませんな。こんな空気のなかにいたら、息がつまってしまいますよ。……あなたのお父さんときたら、痛風と書物のお化けみたいな人だし、ワーニャ伯父さんは鬱《ふさ》ぎの虫にとりつかれてめそめそしてるし、お祖母《ばあ》さんもあのとおり、それから、あなたのままおっ母さん……

ソーニャ　母がどうかしまして？

アーストロフ　人間というものは、何もかも美しくなくてはいけません。顔も、衣裳《いしょう》も、心も、考えも。なるほどあの人は美人だ、それに異存はありません。けれど……じつのところあの人は、ただ食べて、寝て、散歩をして、あのきれいな顔でわれわれみんなを、のぼせあがらせる――それだけのことじゃありませんか。あの人には何ひとつ、しなければならない仕事がない。あべこべに、人の世話にばかりなっているんです。……そうでしょう？　しかし、無為安逸な生活は、清らかな生活とは言えません。（間）もっとも私の見方は、すこしきびしすぎるかもしれない。私も、お宅のワーニャ伯父さんと同様、生活に不満なのです。それで二人とも、だんだん愚痴っぽくなってくるんですよ。

ソーニャ　ほんとに生活にご不満？

アーストロフ　そりゃ一般的に言えば、私も生活が好きです。けれどわれわれの生活、この田舎《いなか》の、ロシアの、俗臭ふんぷんたる生活は、とても我慢がならないし、心底《しんそこ》から軽蔑《けいべつ》せざるを得ませんね。そこで、じゃお前自身の生活はどうなんだ、と言われると、正直の話、なんともかんとも、何ひとつ取柄はないですねえ。ねえ、そうでしょう、まっくらな夜、森の中を歩いてゆく人が、遥《はる》か彼方《かなた》に一点のともしびの瞬《また》くのを見たら、どうでしょう。もう疲れも、暗さも、顔を引っかく小枝のとげも、すっかり忘れてしまうでしょう。……私は働いている――これはご存じのとおりです。この郡内で、私ほど働く男は一人だってないでしょう。運命の鞭《むち》が、小止《おや》みもなしに私の身にふりかかって、時にはもう、ほとほと我慢のならぬほど、つらい時もあります。だのに私には、遥か彼方で瞬いてくれる燈火《ともしび》がないのです。私は今ではもう、何ひとつ期待する気持もないし、人間を愛そうとも思いません。……もうずっと前から、誰ひとりとして好きな人もないのです。

ソーニャ　誰ひとり？

アーストロフ　ええ、誰ひとり。ただ、ある種の親しみを、お宅のばあやさんには感じていますー昔なじみとしてね。ところが百姓連中ときたら、じつに単調で、無知蒙昧《もうまい》で、不潔きわまる暮しをしているし、インテリ連中はどうかというと、これまた、どうも反《そ》りが合わない。頭が痛くなるんですよ。つきあい仲間のインテリ連中は、誰も彼も、料簡《りょうけん》は狭いし、感じ方は浅いし、目さきのことしか何も見えないーーつまり、どだいもうばかなんです。一方、少しは利口で骨のある手合いは、ヒステリーで、分析きちがいで、反省反省で骨身をけずられています。……そうした手合いは、愚痴をこぼす、人間嫌いを標榜《ひょうぼう》する、病的なほど人の悪口《あっこう》をいう、人に近づくにも横合いから寄っていって、じろりと横目で睨《にら》んで「ああ、こいつは気ちがいだよ」とか、「こいつは法螺《ほら》吹きだよ」とか決めてしまう。相手の額に、どんなレッテルを貼《は》っていいかわからなくなると、「こいつは妙なやつだ」と言う。私が森が好きならこれも変てこ。私が肉を食べないと、これもやっぱり変てこ。いや、今日《こんにち》ではもう、自然や人間に向って、じかに、純粋に、自由に接しようとする態度なんか、薬にしたくもありはしません。……あるものですか！（飲もうとする）

ソーニャ　（さえぎって）いけません、どうぞお願いですから、もうあがらないで。

アーストロフ　なぜです。

ソーニャ　まるであなたに似つかないことですもの！　あなたは、すっきりしたかたで、とても優しい声をしてらっしゃるわ。……わたしの知っている誰よりも彼よりも、ずっとりっぱなかたですわ。だのに、なぜあなたは、飲んだくれたり、カルタをしたり、そんな凡人のまねがなさりたいの？　ね、そんなまねはなさらないで、お願いですわ！　いつもあなたはおっしゃるじゃないの、――人間は何ひとつ創《つく》り出そうとせずに、天から与えられたものを毀《こわ》してばっかりいる、って。なぜあなたは、なぜあなたは、ご自分でご自分を台なしになさるの？　いけないわ、いけませんわ、後生です、お願いですわ。

アーストロフ　（片手を差出して）もう飲みますまい。

ソーニャ　約束してくださる？

アーストロフ　約束します。

ソーニャ　（ぎゅっと手を握って）ありがとう！

アーストロフ　これで打ちどめです！　やっと迷いがさめました。そら、このとおり、私はすっかりもう正気だし、死ぬ日までこれで押し通しますよ。（時計を見て）じゃ、もう少しお話ししましょうか。僕に言わせるとですね、僕の時代はもう過ぎてしまって、今じゃ何もかも手後《おく》れなんです。年はとるし、働きすぎてへとへとだし、俗物にはなるし、感情はすっかり鈍ってしまうし、今ではもう僕は、とても人間とは結びつけそうもありません。現に僕は、誰ひとりとして好きな人はないし、これから先も……好きな人はできますまい。そんな僕の心を、まだ捉《とら》える力があるのは、ほかでもない、美しさというものです。なんぼ僕だって、これだけには、平気じゃいられません。仮にもしあのエレーナさんが、その気になったとしたら、僕の頭を一日でわけなく狂わしてしまうでしょうね、……だがこれは、愛ではない。結びつきというものでもない。……（片手で両眼をおおい、身ぶるいする）

ソーニャ　どうかなすって？

アーストロフ　いやなに。……この春の初め、僕の患者が、クロロホルムにかかったまま死んじまったっけ。

ソーニャ　そのことなら、もうお忘れになってもいい時分よ。（間）ねえ、どうお思いになる、アーストロフさん。……仮にもし私に、仲のいいお友達か、それとも妹があって、その人が……まあ仮に、あなたのことを想《おも》っているとしたら、――それがわかったら、あなたはどうなすって？

アーストロフ　（肩をすくめて）わかりませんね。まあ、どうもしないでしょうね。それとなしに、僕は愛することなんかできないし、……それに第一、そんなこと考えている暇もないことを、その人に悟らせるように仕向けるでしょうね。それはそうと、帰るとすれば、もう時間です。ではご機嫌よう、ソーニャさん、こんな調子で話していたら、それこそ夜が明けてしまいますよ。（握手）もしよろしかったら、客間を抜けさせて頂きたいですな。ひょっとしてワーニャ伯父さんにつかまるといけませんからね。（退場）

ソーニャ　（一人）あのかたは、なんにも言ってくださらなかったわ。……あのかたの心も胸の中も、相変らず私には見当がつかない。だのに、なぜ私は、こんなに嬉《うれ》しい気持がするんだろう？（幸福そうに笑う）わたしはあの人に言ってあげた――あなたはすっきりした、上品なかたで、とても優しい声をしてらっしゃる、って。……なんだか出し抜けのように聞えはしなかったかしら？　いまだに私の耳のなかで、あのかたの声がふるえながら、優しくいたわってくださるような気がする……ほら、この空気のなかに、あのかたの声がただよっている。でも、あの妹のことを言いだしたら、あのかたはわかってくださらなかったわ……（両手をもみしだきながら）ああ厭《いや》だ厭だ、どうして不器量に生れついたんだろう！　ほんとに厭だこと！　しかも私は、自分の不器量さかげんをよく知っているわ、ようく知っているわ。……こないだの日曜、わたしが教会から出てきたら、みんなで噂《うわさ》をしているのが聞えたっけ。「あのかたは親切で、優しい人だけれど、惜しいことに器量がね」って……不器量……不器量……不器量……

エレーナ登場。

エレーナ　（窓をあけて）雨があがったわ。まあ、いい空気だこと！　（間）ドクトルはどこ？

ソーニャ　お帰りになりました。（間）

エレーナ　ねえ、ソフィー。

ソーニャ　なんですの？

エレーナ　一体いつまで、あなたはそんな顔をしているつもり？　お互い、何ひとつ根に持つことなんかないじゃないの。どうして敵《かたき》同士にならなきゃいけないの？　もう沢山だわ。……

ソーニャ　わたしだって……（エレーナを抱きしめる）憤慨するのはもう沢山。

エレーナ　それでなくちゃ嘘《うそ》よ。（二人とも感動のさま）

ソーニャ　お父さま、おやすみになって？

エレーナ　いいえ、客間で起きてらっしゃるの。……ほんとにこれで、もう何週間も口を利《き》かずにいたわねえ。べつにこれといって、わけもいわれもないのにさ……（食器棚のあいているのを見て）おや、どうしたの？

ソーニャ　アーストロフさんが、お夜食をあがったの。

エレーナ　葡萄《ぶどう》酒もあるわ。……仲直りのしるしに、ひとつ飲まない。

ソーニャ　ええ、いいわ。

エレーナ　このグラスで一緒にね。……（つぐ）そのほうがいいわ。じゃ、これでもう、ママと言ってくれるわね。

ソーニャ　ええ。（飲んでキスする）わたし、ずっと前から仲直りがしたかったの。でも、なんだか恥ずかしくって……（泣く）

エレーナ　おや、何で泣くの？

ソーニャ　なんでもないの、ついわたし。

エレーナ　さ、もういいわ、もういいわ……（泣く）おばかさんね、あたしまで、泣いちまったじゃないの。……（間）あんたは、あたしがソロバンずくであんたのお父さまの後妻に来たように勘ぐって、それで憤慨していたのね。……でもあたし、誓って言うけれど、あたしがあの人のところへ来たのは、ただ好きだったからなのよ。あの人が学者で、有名な人だというので、あたし夢中になってしまったの。そりゃもちろん、そんなもの本当の愛じゃなくて、いいかげんなものには違いないけれど、あのころは本物のような気がしたのよ。あたしのせいじゃないわ。だのにあんたは、あたしたちが結婚したそもそもの初めから、その利口な疑ぐりぶかい目を光らせて、ずっとあたしを咎《とが》めていたのね。

ソーニャ　もう仲直りよ、仲直りよ！　忘れましょうよ。

エレーナ　そんなふうに人を見るものじゃないわ——あんたにも似合わない。誰もかも、みんな信じてゆかないことには、とても生きちゃ行けないものよ。（間）

ソーニャ　ねえ、本当のところを聞かせてくださらない、仲好《なかよ》しになったんだから。……ママ、お仕合せ？

エレーナ　いいえ。

ソーニャ　やっぱり、そうだったのね。じゃ、もう一つ。かくさずにおっしゃってね——パパがもっと若かったらと、お思いになる？

エレーナ　あんた、まだ子供ねえ。そりゃ、そう思うわよ。（笑う）さ、なんでもいいから、どしどし聞いてちょうだい。……

ソーニャ　あのドクトル、いい人だとお思いになって？

エレーナ　ええ、とても。

ソーニャ　（笑う）わたし今、ぼうっとばかみたいな顔をしているでしょう……ね？　あのかた、さっきお帰りになったのに、わたしにはまだ、あのかたの声や足音が聞えるのよ。あの真っ暗な窓を見ても、あのかたの顔が浮んでくるの。どうぞ、みんな言わせてちょうだい。……でも、とてもこんな大きな声じゃ言えないわ、恥ずかしいんですもの。わたしの部屋へ行って、お話ししましょうよ。ばかな娘だとお思いになる？　きっとそうだわ。……でもあの人のこと、何か話して聞かせて。……

エレーナ　何かって、なあに？

ソーニャ　頭のいいかたね、あのかた。……何もかも心得てらっしゃるし、何もかもおできになるんですもの。……病人を治したり、森を植えつけたり……

エレーナ　植林だの医術だのということは、じつは大した問題じゃないのよ。……ねえ、いいこと、——肝心なのは、有能だということなのよ！　この有能だというのが、どういうことだか、あんた知ってて？　何ものをも怖れない勇気、何ものにも捉《とら》われない頭の働き、こせこせしない遠大な物の見かた……だわ。木を一本植えるにしたって、千年たったら、それがどうなるかということを、あの人はちゃんと考えていて、人類の幸福というものをはっきり眼に浮べてらっしゃるのよ。ああいう人は滅多にいません、だから大事にいたわってあげなければならないの。……お酒を飲んだり、たまさか乱暴な真似《まね》をするといって、——なんでもないじゃないの。有能な人はこのロシアじゃ君子然とすましちゃいられないものなのよ。考えてもみるがいいわ、あのドクトルの生活ときたら、はたから見てもぞっとするほどじゃなくて？　道路といえば、二進《にっち》も三進《さっち》も行かないぬかるみだし、身を切るような風、ふぶき、行けども行けども涯《はて》しない道のり。おまけに相手にする百姓たちときたら、がさがさした、けだものみたいな連中ばかりだし、ぐるり一面どこを見ても、貧乏と病気なんだもの。そんな中で、来る日も来る日も一所懸命闘っている人に向って、四十近くまでお酒も飲まずに君子然と構えていろなんて、虫がよすぎると言うものだわ。……（娘に接吻《せっぷん》する）あたしは、心からあんたの幸福を祈るわ。だってりっぱにその値うちのある人なんだもの。……（立ちあがる）それに引きかえ、このあたしは、どこから見ても退屈な、ほんの添え物みたいな女なのよ。……音楽をやっても、お嫁に来てみても、浮いた噂が立つ時でも——いつどんな場合でも、要するにあたしは、ほんの添え物みたいな女なのだわ。ほんとを言うと、ねえソーニャ、あたしほど不仕合せな女はないと、つくづく思うの！（興奮して舞台をあちこち歩き回る）あたしには、この世の仕合せなんか似つかないのよ。ええ、似つかないのよ！　おや、何を笑うの？

ソーニャ　（顔をかくして笑いながら）わたし、ほんとに嬉しいの……嬉しいの！

エレーナ　ああ、ピアノが弾きたくなった。……何か弾いてみようかしら。

ソーニャ　ええ、弾いて。（抱きしめる）わたし、どうせ眠れやしないわ。……何か弾いて！

エレーナ　ええ、いいわ。でもお父さん、起きてらっしゃるのよ。例のご病気がはじまると、ピアノが癇《かん》に障《さわ》ってならない人なの。ちょっと行って、伺ってみるといいわ。かまわないとおっしゃったら弾くから。ね。

ソーニャ　ええ、伺ってくるわ。（退場）

庭で夜番の拍子木《ひょうしぎ》の音。

エレーナ　ずいぶん長いこと弾かなかった。思いっきり弾いて泣いてみよう、ばかみたいに泣いてみよう。（窓をのぞいて）カチカチ言わせているのは、お前かい、エフィーム。

夜番の声　へえ、あっしで。

エレーナ　鳴らさないでおくれ、旦那《だんな》さまがお悪いんだよ。

夜番の声　すぐ向うへ参りやす！（口笛を吹く）おいで、黒、黒、おいで！（間）

ソーニャ　（帰ってきて）いけませんって！

――幕――

第三幕

セレブリャコーフ家の客間。右手、左手、中央と三つの出入口。——昼。

ワーニャとソーニャが腰かけている。エレーナは何か思案しながら、舞台を歩き回っている。

ワーニャ　教授閣下からのお達しによると、われわれ一同、きょう午後一時に、この客間に集まれとのことだったが。（時計を見て）もう一時十五分前だ、何かわれわれ民草《たみくさ》にみことのりがくだるわけだな。

エレーナ　何か用向きがあるんでしょう。

ワーニャ　あの人に、用向きも何もあるものか。世迷《よま》いごとを書く、ぼそぼそ苦情をいう、やきもちを焼く、それだけのことさ。

ソーニャ　（咎《とが》めるような口調で）伯父さん。

ワーニャ　いや、ご免ご免。（エレーナをさして）どうだい、あの人は。歩くにも、さももの憂《う》そうに、しゃなりしゃなりとやっている。いい風情《ふぜい》だなあ、じつに！

エレーナ　あなたこそ、一日じゅう、ぼそぼそ言ってらっしゃるわ。のべつぼそぼそ言っていて——よくも厭《あ》きずにいらっしゃれるものねえ！（さびしそうに）あたし、退屈で死にそうだわ。一体どうしたらいいんだろう。

ソーニャ　（肩をすくめて）仕事なら、いくらでもあってよ。する気にさえおなりになれば。

エレーナ　例えば、どんなこと？

ソーニャ　帳簿をつけるなり、百姓の子に物を教えるなり、療治をしてやるなり。仕事はいくらでもありますわ。現にあなたもお父さまもまだここにいらっしゃらなかったころは、わたしワーニャ伯父さんと一緒に、よく市場《いちば》へ粉を売りに行ったものですわ。

エレーナ　そりゃ無理よ。あたし、そんな興味もないしね。お百姓に物を教えたり、療治をしてやるなんて、理想派の小説に出てくるだけの話だわ。第一あたしが、やぶから棒に思い立って、教えたり療治したりに出かけていくなんて、とてもできない相談だわ。

ソーニャ　どうして出かけていって、教えてやる気におなりになれないのか、わたしにはそれがわからないわ。まあ見てらっしゃい、今に平気になりますから。（エレーナを抱きしめる）退屈はからだの毒よ、ねえママ。（笑いながら）あなたは退屈で、身の置き場もないご様子ですけれど、退屈がってぶらぶらしている人がいると、はたの人にまでうつるものなのねえ。論より証拠、このワーニャ伯父さんは、一日《いちんち》じゅう何もせずに、まるで影みたいにあなたの後ろばかり追っかけているし、わたしだってこのとおり、仕事も何もほったらかして、ママのところへお話に来てしまうでしょう。怠け癖がついたんだわ、しようのないわたし！　あのアーストロフ先生だって、前はごくたまにしかお見えにならず、せいぜい月に一度ぐらい、それも無理やりにお願いして来て頂いたものですけれど、今じゃどうでしょう。大事な森も患者も打っちゃらかして、毎日ここへ見えない日はありませんわ。あなたは魔法使よ、きっと。

ワーニャ　何をくよくよなさるんです？（声を励まして）ねえ、僕の大事なエレーナさん、せっかくそれだけの器量をしてさ、もっと利口になるものですよ！　あなたには、魔性の血が流れている、いっそのこと魔女になっておしまいなさい！　せめて一生に一度は、思いっきりやってごらんなさい。さあ早く、魔物みたいな男の誰かに、首ったけ惚《ほ》れてごらんなさい。教授閣下をはじめ、われわれ一同が、（両手をひろげて）こう呆気《あっけ》にとられるぐらい、ずぶりと深みへはまってごらんなさい！

エレーナ　（ムッとして）どうしようと、あたしの勝手ですわ！　ずいぶん失礼ねえ！（行こうとする）

ワーニャ　（引きとめて）まあまあ、エレーナさん、あやまります……赦《ゆる》してください。（手に接吻《せっぷん》して）さあ仲直り。

エレーナ　なんぼなんでも、我慢がならないわ。そうじゃなくて？

ワーニャ　めでたく仲直りのしるしに、今すぐ薔薇《ばら》の花束を持ってくるとしましょう。今朝はやく、あなたにあげようと思って作っておいたのです。……秋の薔薇――えも言われぬ、悩ましげな薔薇ですよ。……（退場）

ソーニャ　秋の薔薇――えも言われぬ、悩ましげな薔薇……（二人、窓のそとをながめる）

エレーナ　もう九月なのねえ、結局あたしたち、ここで冬越しをするんだわ！（間）ドクトルはどこ？

ソーニャ　ワーニャ伯父さんのお部屋ですわ。何か書いてらっしゃるの。ワーニャ伯父さんが出て行ってくれて、ありがたいわ。わたし、ご相談がありますの。

エレーナ　どんなこと？

ソーニャ　どんなことって。（頭をエレーナの胸にうずめる）

エレーナ　もう、いいわ、いいわ……（髪を撫《な》でてやりながら）いいわ。
ソーニャ　わたし、器量が悪いの。
エレーナ　いい髪の毛だこと。
ソーニャ　あんなことを！（振返って、鏡を見ようとする）いいえ、嘘《うそ》よ。女が不器量だと、きまって、「いい目をしている」とか、「いい髪をしている」とか言うものだわ。……わたしあの人を、もう六年もお慕いしていますの。じつのお母さまより、ずっと好きなくらい。明けても暮れても、あの人の声が聞えるような気がするし、あの人の握手が、今でも感じられるの。あの人を心待ちにして、じっと戸口を見ていると、今にもあの人が、はいってらっしゃるような気がするの。ね、もうおわかりでしょう、こうしてしょっちゅうあなたのお邪魔をしにくるのも、あの人の噂《うわさ》がしたいからですわ。このごろはあの人、毎日のようにここにお見えになるけれど、わたしを見つめてくださるどころか、てんで見向きもなさらないの。……わたし、とてもつらい！　もうこうなっては、とても見込みはないわ、ないわ、ええ、ないわ！（絶望的に）ああ神さま、どうぞ、勇気をお授けくださいまし！……って、ゆうべは、一晩じゅう、お祈りしましたの。……わたしはちょいちょいあの人のそばへ行って、こっちから話をしかけてみたり、じっとあの人の目を見つめたりします。

……わたしもう、見得も何もないし、自分を抑《おさ》える力もないの。……もう一刻の我慢もならなくなって、きのうワーニャ伯父さんに、すっかり打明けましたの。……わたしがあの人を慕っていることは、召使たちもみんな知ってますわ。みんな知ってますわ。

エレーナ　で、あの人は？

ソーニャ　知らないの。てんで見向きもしないんですもの。

エレーナ　（物思わしげに）妙な人だわねえ。……じゃ、こうしましょう。あたしから話してみようじゃないの。……遠回しにそっと謎《なぞ》をかけてみるのよ。（間）ほんとに、いつまでそう、どっちつかずじゃあねえ。……ね、いいでしょう。

ソーニャうなずく。

エレーナ　ほんとに、それがいいわ。好きか、好きでないか――それくらいのこと、すぐわかるもの。いいのよ、そんなにそわそわ心配しないでも。そっと遠回しに、気取《けど》られないように聞くからね。イエスかノウか、それだけわかればいいんだもの。（間）もしノウだったら、もうここへは来て頂かないことにしましょうね。そうだわね。

ソーニャうなずく。

エレーナ　いっそ顔を見ないほうが、気が楽だもの。さ、そうと決ったら善は急げ、今すぐ訊《き》いてみることにしようじゃないの。あの人あたしに、何か図面を見せたいと言ってたわ。……ちょっと行って、拝見したいと言って来てちょうだい。

ソーニャ　（ひどく興奮して）あとで本当のこと、すっかり聞かせてくださる？

エレーナ　そりゃもちろんよ。本当のことというものは、いいにしろ悪いにしろ、とにかくどっちつかずでいるより、少しは気が安まるもの。あたしにまかせてちょうだい、いい子だから。

ソーニャ　ええ、ええ。じゃわたし、あなたが図面を見たいと言ってらっしゃると、そう言って来ますわ。……（行きかけて、ドアのそばで立ち止る）いいえ、やっぱりわからないままでいるほうがいいわ。……とにかく、望みだけはあるんだもの……

エレーナ　どうしたの？

ソーニャ　いいえ、なんでも。（退場）

エレーナ （一人）ひとの胸の中を知りながら、力になってやれないぐらい、厭《いや》なことはないわ。（思案しながら）あの人はあの子のことを想《おも》ってはいない、それはたしかだ。だからといって、あの人があの子をお嫁さんにして悪いという理屈はないわ。あの子は器量こそ悪いけれど、あの年配の田舎《いなか》医者には、願ったり叶《かな》ったりの奥さんじゃないの。利口で、思いやりがあって、気持がきれいでさ。……いや、こんなことじゃない、こんなことじゃない……（間）あたしには、気の毒なあの子の気持がよくわかる。どうにもやり場のない退屈なその日その日、あたりをうろうろしている連中ときたら、人間というよか、いっそ灰色のポツポツとでも言ったほうが、早わかりがするくらい。耳に聞える話といったら、俗悪なくだらない話ばかり、ただ食べて、飲んで、寝ることしか知らないような連中が、うようよしている中へ、時々ああして、ほかの連中とは似もつかない、風采《ふうさい》もよければ話も上手《じょうず》で、女好きのするあの人がやってくるんだもの。闇夜《やみよ》に明るい月がのぼったみたいなものだわ。……ぽうっとなって、無我夢中になるのも無理はない。現にこのあたしだって、幾分のぼせ気味らしいもの。まったく、あの人が顔を見せないと、なんだか物足りないし、あの人のことを考えると、思わずにっこりしたくなるもの。……あのワーニャ伯父さんは、あたしには、魔性の血が流れている、「せめて一生に一度は思いっきりやってごらんなさい」って言ったっけ。……そうねえ、ひょっとすると、それが本当かもしれないわ。……いっそ小鳥みたいに自由になって、さっさとこんな所から飛び出したら。みんなの寝ぼけっ面《つら》や、あきあきするような長話が、見えも聞えもしない所へ行って、きれいさっぱりみんなのことが忘れてしまえたら。でもあたしは気が小さくって、引っこみ思案だから……気が咎《とが》めて仕方がないだろう。……現にあの人は毎日ここへ出かけてくる。その来るわけが、どうやら察しがついてくると、もうあたしは、まるで自分が悪いみたいな気がして、いっそソーニャの前に膝《ひざ》をついて、泣いてあやまりたいような気持になるんだもの。……

アーストロフ　（統計グラフをかかえて登場）ご機嫌よう！　（握手）図面がごらんになりたいとかいう話ですが。

エレーナ　昨日あなたは、見せてくださるっておっしゃったじゃなくて？……いまお暇ですの？

アーストロフ　ええ、もちろん。（カルタ卓の上に図面をひろげて、鋲《びょう》でとめる）あなたのお生れは、どちらです？

エレーナ　（手伝いながら）ペテルブルグですの。

アーストロフ　学校はどちらで？

エレーナ　音楽学校でした。

アーストロフ　じゃ、こんなもの、つまらないかもしれませんね。

エレーナ　まあなぜ？　そりゃあたし、田舎はさっぱり知りませんけれど、本でならずいぶん読みましたわ。

アーストロフ　私は、この家《うち》にわざわざ自分の机が持ってきてあるんです……ワーニャ君の部屋にね。患者の応対でへとへとになって、頭がぼうっとしてくると、私は何もかも放《ほ》ったらかして、いっさんにここへ駆けつけます。そして一、二時間、こんなことをして気を紛らすんです。……ワーニャ君とソーニャさんは、算盤《そろばん》をパチリパチリ言わせている。そのそばで私は自分の机にむかって、絵具を塗りたくるんです。暖かい落着いた気分で、どこかでコオロギも鳴いている。しかし、こういう楽しみは、そうちょいちょいはやりません。月に一度ぐらいなものです。……（図面を指でさしながら）ではまず、ここをごらんください。これは五十年前の、この郡の有様です。濃い緑、うすい緑は、森をあらわしたもので、このとおり総面積の半ばを占めています。緑いろのところに赤い網目がついているのは、大鹿《おおじか》や山羊《やぎ》の棲《す》んでいた場所です。……この図面には、動物ばかりでなく、植物の分布も示してあります。ほら、この湖には、白鳥や、雁《がん》や、鴨《かも》が棲んでいましたし、土地の古老の話によると、あらゆる種類の鳥が無慮無数に群棲《ぐんせい》していて、まるで雲のように空を飛んでいたそうです。大小の村のほかに、このとおりそこここに、出村だの部落だの、坊さんの庵室《あんしつ》だの、水車小屋だのが散らばっています。……牛や馬も、どっさりいました。この水色に塗ってある所がそれです。たとえばこの区域では、水色が濃くなっていますが、これは馬が沢山いた場所で、農家一戸あたり三頭の割合だったそうです。（間）今度は下のほうをごらんください。これが二十五年前の有様です。これになるともう、森は総面積の三分の一しかありません。大鹿はまだいるが、山羊はもういません。緑も水いろも、ずっとうすくなっています。まあざっと、そんな調子です。さあ第三図へ移りましょう。これは現在の有様です。緑いろはそこかしこに見えますが、一面べったりというわけではなく、飛び飛びになっています。大鹿も白鳥もヤマドリも、いなくなってしまいました。……前にあった出村や部落や、坊さんの庵室や水車小屋は、今では跡形もありません。これを要するに、だんだんと、しかも確実に衰えてゆく有様が、見えているわけで、まあもう十年か十五年もしたら、元も子もなくなってしまうに違いありません。あなたがたはそれを、やれ文化の影響だとか、古い生活はしぜん新しい生活に席を譲るべきだとか、仰《おっ》しゃることでしょうね。なるほど、もしもこんなふうに、森が根絶やしになった跡に、道路が通じ、鉄道が敷けたというのなら、また製粉所や工場《こうば》や学校が建ったというのなら、そして住民がずっと健康に、ずっと裕福に、ずっと頭が進んだというのなら、私にもうなずけますが、実際はそんな気配は一つもないではありませんか！　この郡内には、相変らず沼地がのさばっているし、蚊はぶんぶん言っているし、道らしい道はないし、百姓は貧乏だし、おまけにやれチフスだ、やれジフテリアだ、やれ火事だ、という始末なのです。……ところで、なぜそんなふうに悪くなったか、と考えてみると、つまりそれは、力にあまる生存競争の結果なのです。……言い換えると、無気力と無知と、徹底的な無自覚とが、今日《こんにち》このような情勢の悪化を招いたそもそもの原因なので、つまり飢え凍《こご》え、病みほうけた人々が、なんとか露命をつなぎ、子供を守ってゆくために、いやしくも飢えをしのぎ、身を暖めるたしになるものなら、わっとばかり飛びついて、明日《あす》のことなどは考えもせずに、すっかり荒してしまったわけなのです。……今ではもう、ほとんど完全にぶち毀《こわ》してしまったのですが、その代りに創《つく》り出したものは、まだ何ひとつないのです。（興ざめな口調で）お顔つきで見ると、あまり面白くもなさそうですね。

エレーナ　だってあたし、こういうことよくわからないんですもの。……

アーストロフ　わかるのわからないのというほどのことでもありません、ただあなたには、興味がないんです。

エレーナ　ほんとを言いますとね、あたしほかのことに気をとられていますの。ご免なさいね。じつはあたし、あなたにちょっと、お訊《き》きしたいことがあるんですけれど、どうも具合が悪くって、言い出しにくいんですの。

アーストロフ　訊きたいこと？

エレーナ　ええ、お訊きしたいことが。いえなに……ほんの罪のない話なの。ま、ここへかけましょう。（二人かける）じつはね、ある若い女の人のことなんですの。お互い正直に、お友達として、あけすけにお話ししましょうね。一たんお話がすんだら、もうそれっきり、忘れてしまいましょうね。よくって？

アーストロフ　結構です。

エレーナ　お話というのは、あたしの義理の娘、ソーニャのことですの。あなた、あの子お好き？

アーストロフ　ええ、尊敬しています。

エレーナ　女としてお好きですの？

アーストロフ　（ややためらって）いいえ。

エレーナ　じゃ、あと二言《ふたこと》三言《みこと》——それでおしまいにしましょうね。あなた、何もお気づきじゃなくて？

アーストロフ 別になんにも。

エレーナ （相手の手をとって）あなたは、あの子のことなんか、心にかけていらっしゃらない。そのお目でわかりますわ。……あの子は煩悶《はんもん》しています。……ね、そこを察して……もうここへは、いらっしゃらないで頂けませんこと。

アーストロフ （立ちあがる）僕はもう、過去の人間です。……それに、暇もないし……（肩をすくめる）どうしてそんな暇が？（彼は度を失っている）

エレーナ ああ、なんて厭《いや》な話だろう。あたしまるで、何千貫もある荷物を背負って歩いたみたいに、胸《ここ》がどきどき言っていますわ。でもまあ、よかったわ、済んで。じゃあもう、きれいに忘れましょうね、なんのお話もしなかったみたいにね、そして……そして、もうお帰りになってちょうだい。あなたは頭のいいかただから、察してくださいますわね。（間）あたし、すっかり顔が火照《ほて》ってしまったわ。

アーストロフ もし一月《ひとつき》か二月《ふたつき》前に、今の話を伺ったのだったら、あるいは僕も考えてみたかもしれません。が、今となってはもう……（肩をすくめる）それに、あの人が煩悶しているという以上、もちろんそりゃあ……。ただ一つ、どうもわからないことがある。どうしてあなたは、わざわざこんなことを、僕に訊いてみる気になったのです？　（相手の目をじっと見つめて、指を立てて脅かす）あなたは――ずるい！

エレーナ　なんのこと？

アーストロフ　（笑いだして）ずるい人ですよ。じゃ、よござんす、仮にソーニャさんが煩悶しているとしましょう。しかしどうしてそのため、こんな探りをお入れになることがあるんです？　（相手の口を封じながら、早口に）まあ、そんなびっくりしたような顔を、なさらないでください。あなたは、なぜ僕が毎日ここへやってくるのか、そのわけをすっかりご存じなのだ。……なぜ、誰のためにやってくるのか、それをちゃんとご存じなのだ。そんな可愛《かわい》らしい顔をして、あなたはすばしこい獣みたいな人だ。そんな眼をして僕を睨《にら》まないでください。どうせ僕は、老いぼれた雀《すずめ》ですからね。

エレーナ　（けげんそうに）獣みたい？　なんのことやらわからないわ。

アーストロフ　きれいな、毛のふさふさしたイタチですよ。……あなたは、餌食《えじき》がお入用なんだ！　現にこの僕は、もうこれで一ト月も怠けどおしに怠けて、何もかも放ったらかして、がつがつあなたの姿を追い回している。それがあなたには、堪《たま》らなく面白いんです、堪らなくね。……さあ、いかがです？　僕はこのとおり、きれいにやられました。これは、わざわざ訊くまでもなく、先刻ご承知のはずじゃありませんか。（両腕を組み、頭《こうべ》を垂れて）降参しました。さあどうぞ、存分になすってください。

エレーナ　あなた、どうかなすったのね！

アーストロフ　（歯をくいしばって笑う）なるほど、内気な人は違ったものだ……

エレーナ　まあ、あたしこれでも、あなたが考えてらっしゃるより、少しはましな女ですわ！　ええ誓って。（行こうとする）

アーストロフ　（行く手を遮《さえぎ》って）僕は今日すぐ家へ帰ります。もう二度とここへは来ません。が、その代り……（女の手を取ってあたりを見回す）どこかで逢《あ》いましょう。さ早く、どこで逢いましょう？　誰かくるといけません、早く言って……（情熱的に）その眼、その唇……一度だけキスさせて。……そのいい匂《にお》いのする髪の毛に、ちょっとキスするだけでいいんです……

エレーナ　あたし誓って……

アーストロフ　（先を言わせずに）誓うも何もあったものですか。よけいな文句はいりません。……ああ、この腕、この手！　（両手に繰返し接吻《せっぷん》する）

エレーナ　さ、もう沢山、あんまりだわ……出て行ってちょうだい……（両手を振放す）ひどいかた。

アーストロフ　ね、どう、どうするんです、あしたどこで逢うんです？（女の胴に手を回す）ね、そうでしょう、もうこうなったら否《いや》も応もない、どうしたって逢わずにゃいられないんだ。（接吻する）

その時ワーニャが、薔薇の花束を持って登場、ドアのところで立ちどまる。

エレーナ　（ワーニャに気づかず）ゆるして……放して頂戴《ちょうだい》……（アーストロフの胸に頭を押しつける）いけませんったら！（行こうとする）

アーストロフ　（胴から手を放さず）あした森の番小屋へいらっしゃい……二時ごろ。ね、いいでしょう、きっと来ますね？

エレーナ　（ワーニャを見て）放して！（すっかり動顚《どうてん》して窓のほうへ身をすさらす）ほんとにひどいわ。

ワーニャ　（花束を椅子《いす》の上に置き、興奮のていで、顔や襟首《えりくび》をハンカチで拭《ふ》く）なんでもないさ。……なあに……なんでもないさ。

アーストロフ　（ふてくされて）やあワーニャ先生、なかなかいい天気だな、きょうは。朝のうちはぐずついて、一雨来そうな空あいだったが、今じゃ日が照っている。まったくもって、結構な秋になったもんだなあ……秋蒔《ま》きもうまくいってるし。（と図面を筒形に巻く）ただ、なんだね、日が短くなりはしたがね。……（退場）

エレーナ（いそいでワーニャに近寄って）ね、後生だから力を貸してちょうだい。あたしたち夫婦が今日すぐここを立てるように、あなたの威光でなんとか計らってちょうだい！　いいこと？　今日すぐですよ！

ワーニャ（顔を拭きながら）ええ？　ふむ、そう……よろしい。……僕はね、エレーン、すっかり見てしまった、すっかり……

エレーナ（いらだって）ね、いいこと？　あたし、どうしても今日、ここを発《た》つんだから！

セレブリャコーフ、ソーニャ、テレーギン、マリーナ登場。

テレーギン　閣下さま、わたくしもどうやら、からだの具合がはっきり致しませんです。これでもう二日もふらふらしておりますので。なんですか頭《つむり》がその……

セレブリャコーフ　ほかの連中はどこだね？　わたしはこの家が気にくわんよ。まるで化物屋敷だ。だだっぴろい部屋が二十六もあってさ、すぐみんな散り散りばらばらになってしまう。呼んだって捜したって、誰ひとり見つかったためしがない。
(呼鈴を鳴らす) 大奥さんと若奥さんを呼んできなさい。

エレーナ あたし、ここにおります。

セレブリャコーフ 皆さん、どうぞ席へついてください。

ソーニャ (エレーナに近づき、もどかしそうに) あのかたなんておっしゃって?

エレーナ あとで。

ソーニャ まあ、顫《ふる》えてらっしゃるのね? 気をもんでらっしゃるのね? (探るように相手の顔を見つめる) わかったわ。……あのかたもう、ここへは来ないって仰しゃったんでしょう……ね? (間) ね、そうでしょう?

エレーナうなずく。

セレブリャコーフ (テレーギンに) からだの具合のわるいのは、なんとかまだ我慢のしようがあるが、この田舎の暮しぶりときた日にゃ、わたしにはまったく歯が立たんね。わたしはなんだか、地球を踏みはずして、別の星の世界へ落っこちたみたいな気がするよ。どうぞ皆さん、席についてください。ソーニャ! (ソーニャは耳にはいらず、悲しそうにうなだれて佇《たたず》んでいる）ソーニャ！（間）聞えない。（マリーナに）ばあや、お前もおかけ。（乳母、腰をおろして靴下を編む）ではどうぞ、皆さん、ひとつ皆さんのお耳を、注意の釘《くぎ》によく引っかけて頂きましょう。（ひとり笑う）

ワーニャ（いらいらして）たぶん、僕には用がないでしょうね？　行ってもいいですか？

セレブリャコーフ　いいや、誰よりも君が大切な人なんだよ。

ワーニャ　これはこれは、一体何を仰《おお》せつかるのかな？

セレブリャコーフ　仰せつかる？……いや君は、何を怒っているのだね？（間）もし何か君の気に障《さわ》ることを、わたしがしたのだったら、どうか赦《ゆる》してくれたまえ。

ワーニャ　その物の言いっぷりをやめるんですな。さ、本論にはいりましょう。……どんな用なんです？

ヴォイニーツカヤ夫人登場。

セレブリャコーフ　あ、ちょうど母も見えました。では皆さん、始めることにします。（間）諸君、ここに皆さんをお招きしたのは、ある重大な聞きこみを、皆さんにお伝えせんがためなんです。検察官がいよいよ乗りこんでくるらしいですぞ。いや、冗談はさておき、なかなか重大な問題なのです。こうして皆さんのお集まりを願ったのは、じつは皆さんの協力と助言を仰ぎたいからなのでして、平ぜいの皆さんのご厚誼《こうぎ》に甘えて、わたしの期待は叶《かな》えて頂けるものと信じております。わたしは学問をする人間で、書物に埋《うず》もれているものですから、実生活のほうには、これまでずっと疎《うと》かったわけです。そこでこの際、世情に通じておられる皆様の知恵を拝借せずには、とても切り抜けることができないので、ワーニャ君をはじめ、そこにおられるテレーギン君にも、またお母さん、あなたにも、どうか相談に乗って頂きたいのです。……その話というのは、ほかでもないが、何分にもわれわれは「マネット・オムネス・ウナ・ノックス」、つまりその、老少不定でありますし、ことにわたしはこのとおりの老人でもあり、病身でもあるしするので、この際自分の家族に関する範囲だけなりとも、財産方面の整理をしておくのが、もっとも時宜を得た処置であろうかと考える次第です。わたしの生涯はもう終ったも同然ですから、自分一個のことは考えもしませんが、わたしにはまだ若い家内もあれば、年頃の娘もあります。(間)この田舎で生活を続けてゆくことは、私にはとうていできません。われわれは田舎向きにできた人間ではないからです。かと言って、この地所からあがるだけの金で都会ぐらしをすることも、また同じく不可能です。仮に森の木を売り払うにしても、これは非常手段であって、毎としその手を使うわけにはゆきません。それでわれわれは、多少とも一定した収入額を永年にわたって保証してくれるような方法を、なんとか見つけ出さなければならんわけです。ついては、ふと次の方法を思いついたので、ひとつ皆さんのご審議をわずらわしたい。細かい点は抜きにして、大づかみに説明することにしますが、まずこの地所は、平均して二分以上の利をあげてはいない。そこでわたしは、これを売り払うことを提案したい。その代金を有価証券へ振りかえれば、四分ないし五分の利をあげることができるわけだし、わたしの考えでは、何千かの余分の金も浮いてくるはずです。それがあれば、フィンランドあたりに、小ぢんまりした別荘も買えようというものです。

ワーニャ　ちょっと待った。……どうも僕は耳が悪くなったようだ。もう一ぺん言ってください。

セレブリャコーフ　代金を有価証券へ振りかえて、残った余分の金で、フィンランドに別荘を買おう、というのです。

ワーニャ　フィンランドのことじゃない。……何かまだほかのことが聞えたが。

セレブリャコーフ　この地所を売り払ったらどうか、と言っているのです。

ワーニャ　そ、それだ。この地所を売り払おうというんですね、よろしい、まったくすばらしい思いつきだ。そこで一体この僕に、年寄りの母や、またこのソーニャをかかえて、どこへ行けというんです？

セレブリャコーフ　そのことなら、いずれまた相談するとしようじゃないか。そう一どきに話はできない。

ワーニャ　ちょっと待った。どうやら僕は、この年まで常識というものが、ひとっかけらもなかったらしいぞ。今の今まで僕は、愚か千万にも、この地所はソーニャのものと思っていましたよ。この土地は亡《な》くなった父が、僕の妹の嫁入り支度に買ってやったものです。今の今まで僕は間抜けで、法律のトルコ式解釈というものを知らずにいたもので、この土地は妹からソーニャに伝わったものとばかり思っていましたよ。

セレブリャコーフ　そりゃいかにも、この地所はソーニャのものさ。誰がそうでないと言っている？　だからソーニャの承諾がなければ、わたしだって無理に売ろうと言やしない。のみならず、わたしがこういう案を持ち出すのも、ソーニャのためを思えばこそなんだ。

ワーニャ　どうもおかしいぞ、愈々《いよいよ》もってわからない！　僕の気がくるったのか、それとも……それとも……

ヴォイニーツカヤ夫人　ジャン、アレクサンドルに逆らうんじゃありません。まかせておおき。この人のほうが、私たちよりよっぽど、事の善《よ》し悪《あ》しをわきまえていなさるんだから。

ワーニャ　いや、まあ水を一杯もらおう。（水を飲む）さあ言いたまえ、なんなりと遠慮なく、どしどし言いたまえ！

セレブリャコーフ　どうもわからん、なぜ君はそう興奮するのかね？　わたしだって何も、この目論見《もくろみ》が理想的なものだなどと言いはしない。皆さんがいかんというのなら、あえて固執するつもりはないのだ。（間）

テレーギン　（はらはらして）御前さま、わたしは学問というものにゃ、ただ敬意を抱いているばかりじゃございせんで、何かこう、親しみとでもいったような感じを抱いておりますので、はい。と申しますのも、わたくしの弟のグリゴーリイ・イリイーチの家内の兄は、もしやご存じかも存じませんが、コンスタンチーン・トロフィーモヴィチ・ラケデモーノフと申しまして、学士でございまして……

ワーニャ　やめろ、ワッフル、大事な話の最中だ。……ま、いいから後《あと》にしろ……（セレブリャコーフに）ちょうどいい、ひとつこの男に訊《き》いてごらんなさい。この地所は、この男の叔父貴から買ったんだから。
セレブリャコーフ　やれやれ、今さらそんなこと、聞いたところで始まるまい。面白くもない。
ワーニャ　この地所は、当時の金にして、九万五千ルーブリで買ったんだ。父はそのうち、七万しか払わずに死んだから、残る二万五千は借金になっちまった。さあ、ここんところを、よく聞いてくださいよ。……僕は大好きな妹のためを思って、この土地の相続権を放棄したんだ。さもなければ、この土地は結局、こうして内ののにはならなかったはずだ。いや、それればかりじゃない、僕はこの十年というもの、まるで牡牛《おうし》みたいに汗水たらして、その借金をきれいに済《な》したんだ。
セレブリャコーフ　しまったなあ、こんな話を持ち出さなけりゃよかった。
ワーニャ　この土地の借金がきれいに片づいて、おまけにちゃんとここまで、無事に持ってこれたのは、ひとえにこの僕という人間一個の努力の賜物《たまもの》なんだ。それを今さら、こんなに年を取ってしまった僕の首根っこをつらまえて、表へ抛《ほう》り出そうというんだ！
セレブリャコーフ　一体どうしたらいいと言うのかね。わたしにはさっぱりわからん！

ワーニャ　この二十五年のあいだ、僕はこの土地の差配をして、汗水たらして、せっせと君に金を送ってやった。こんな真正直な番頭が、どこの世界にあるものか。だのにあんたは、その間じゅうありがとうの一言《ひとこと》も、僕に言ったためしがないじゃないか。その間じゅう、若い頃も年とった今も、僕はあんたから、年額五百ルーブリ也《なり》の、乞食《こじき》も同然の捨扶持《すてぶち》を、ありがたく頂戴《ちょうだい》しているにすぎないんだ。――しかもあんたは、ただの一ルーブリだって、上げてやろうと言ったことがないんだ！

セレブリャコーフ　ワーニャ君、それは無理難題というものだよ。わたしは実務にうとい人間だから、その辺のことは全然めくらなんだ。君は幾らでも好きなだけ、どしどし上げてくれたらよかったのだ。

ワーニャ　ああいっそ、思う存分くすねてやるんだった。その、くすねることもできなかった意気地のない僕を、皆さん、どうぞ思いっきり笑ってください。そうするのが本当だったのだ。それをやれば、乞食の境涯に今さら身を落すこともなかったのだ！

ヴォイニーツカヤ夫人　（きびしく）これ、ジャン！

テレーギン　（はらはらして）ねえワーニャ、およしよ。いい子だから、およしよ。……わたしゃ顫《ふる》えがついてきたよ。……永年のいいつきあいを、今さらぶちこわすこともないじゃないか。（ワーニャに接吻《せっぷん》する）およしよ。

ワーニャ　二十五年というもの僕は、この母親と顔つき合せて、まるでモグラモチみたいに、ろくろく表へも出ずに暮してきたのだ。……われわれの考えることも、われわれの感じることも――みんな残らず、あんたという一人の人間に寄っかかっていたのだ。昼は昼で、君の噂《うわさ》をし、君の仕事のことを話題にし、君をわれわれの誇りとし、君の名を畏《おそ》れ謹《つつし》んで口にのぼせていたものだ。夜は夜で、君の雑誌だの本だのを読みふけって、大事な時間をつぶしたものだ。――今じゃそんなもの、洟《はな》も引っかけやしないがね。

テレーギン　およしよ、ワーニャ、およしよ……。聞いちゃいられないから。

セレブリャコーフ　（憤然として）わたしにはわからん、一体どうしろと言うのだか。

ワーニャ　君はわれわれにとって、世界で一番えらい人だった。君の書く論文は、端から暗記していたものだった。……だが、いまこそ目がさめたよ！　何から何まで見透しさね！　芸術がどうしたのと書いちゃいるが、君にゃ芸術のゲの字もわかっちゃいないんだ！　かつて僕が愛読した君の本なんか、びた一文の値うちもありゃしないんだ！　われわれは、まんまと一杯くわされたのだ！

セレブリャコーフ　皆さん、この人をなんとかしてくださらんか、いやなんともはや！　わたしは向うへ行こう！

エレーナ　ワーニャさん、いいからもうお黙りなさい！　わかって？

ワーニャ　いいや黙らん！　（セレブリャコーフの行く手に立ちふさがって）まだまだ、話は済んじゃいない！　君は、僕の一生を台なしにしちまったんだ！　この年まで僕は、生活を味わったことがない、生活をね！　君のおかげで僕は、一生涯でいちばんいい時代を、台なしに、すってけてんにすっちまったんだ！　貴様は、おれの不倶戴《ふぐたい》天《てん》の敵だ！

テレーギン　聞いちゃいられない……聞いちゃいられない。……あっちへ行こう……

（身も世もあらぬていで退場）

セレブリャコーフ　だから、どうしろと言うのかねえ？　それに全体、なんの因縁があって、そんな言いがかりをつけるのだ？　ばかばかしい！　この地所が君のものなら、勝手に君のものにしたらいいじゃないか。わたしは別に欲しいとは言わん。

エレーナ　あたし、もうこれっきり、こんな地獄は出て行くわ！　（叫ぶ）もう我慢がならない。

ワーニャ　一生を棒に振っちまったんだ。おれだって、腕もあれば頭もある、男らしい人間なんだ。……もしおれがまともに暮してきたら、ショーペンハウエルにも、ドストエーフスキイにも、なれたかもしれないんだ。……ちえっ、なにをくだらん！　ああ、気がちがいそうだ。……お母さん、僕はもう駄目です！　ねえ、お母さん！

ヴォイニーツカヤ夫人　（きびしく）だから、アレクサンドルの言うことを聴くんです！

ソーニャ　（乳母の前に膝《ひざ》まずいて、しがみつく）ばあや！　ばあや！

ワーニャ　お母さん！　僕はどうしたらいいんです？　よろしい、何も言わないでください！　どうしたらいいか、僕にはちゃんとわかっている！　（セレブリャコーフに）畜生、覚えてろよ。（中央のドアから退場）

ヴォイニーツカヤ夫人、それに続く。

セレブリャコーフ　諸君、これは一体どうしたことだ、ええ？　あの気ちがいを、どっかへ引っぱって行ってくれ！　とても一つ屋根の下じゃ暮していけない！　現にあすこに（と中央のドアをさして）とぐろを巻いているのだ。隣同士みたいなものなのだ。……どっか村のほうか、それとも離れのほうへでも、あの男を引っ越させてくれ。さもなけりゃ、このわたしが出ていく。とてもあんな男と、いっしょに暮すことはできん。……

エレーナ　（夫に）あたしたち、今日すぐここを発《た》ちましょうよ！　早速《さっそく》その支度をさせなければ。

セレブリャコーフ　いやはや、呆《あき》れはてたやつだ！

ソーニャ　（膝まずいたまま、父のほうへ向きなおる。いらいらと涙声で）お父さま、情けというものを、お忘れにならないでね！　わたしもワーニャ伯父さんも、ほんとに不仕合せなんですもの！　（みだれる心を押しとどめながら）情けというものを、お忘れにならないでね！　覚えてらっしゃるでしょう。あなたがまだ働き盛りでいらしたころ、ワーニャ伯父さんとお祖母《ばあ》さまは、毎ばん夜おそくまで、あなたのために参考書を翻訳したり、原稿の清書をしたり、していらしたものですわ……毎晩々々！　わたしもワーニャ伯父さんも、息つくまもないほど働いて、一文の無駄づかいもしまいとびくびくして、みんなあなたにお送りして来ましたわ。……わたしたちの苦労も、察してくださらなければ！　あら、こんなこと言うつもりじゃなかったのに、つい口がすべってしまって。でもお父さま、わかってくださるでしょう、わたしたちの気持。情けというものを、お忘れにならないでね。

エレーナ　（興奮して夫に）ねえ、アレクサンドル。どうぞお願い、あの人とうまく話をつけて。……後生ですから。
セレブリャコーフ　よしよし、なんとか話をつけてこよう。……わたしは何も、あの男を咎《とが》めるんじゃない、腹をたてているわけでもない。だがね、まあ考えてもごらん、あの男の言動は、なんとしても妙じゃないかね。まあいいさ、ちょっと行ってこよう。（中央のドアから退場）
エレーナ　なるべく穏やかに、あの人の気持を静めるようにね……（続いて退場）
ソーニャ　（乳母に抱きつきながら）ばあや！　ばあや！
マリーナ　なんでもありませんよ、お嬢《じょう》ちゃん。鵞鳥《がちょう》がガアガア言っただけ、――すぐやみますよ。……ガアガア言っただけ――すぐやみますよ。……
ソーニャ　ばあや！
マリーナ　（ソーニャの頭を撫《な》でる）まあ、がたがた顫えて、まるで霜のふる真冬みたい！　ほんとにまあ、お可哀《かわい》そうに。でも神様は、悪いようにはなさいませんよ。……菩提樹《ぼだいじゅ》の花のお茶か、イチゴの蜜《みつ》のお酒を、ちょいとあがっているうちに、すぐ元どおりになってしまいますよ。……心配するんじゃありません、いい子、いい子……（中央のドアをキッと見すえて）おや、また鵞鳥が、騒ぎだしたよ。まあま、勝手にするがいい！

舞台うらでピストルの音。続けさまにエレーナの悲鳴。ソーニャおびえる。

マリーナ ふん、本当にいやだこと！

セレブリャコーフ （恐怖のあまりよろめきながら駆けこむ）とめてくれ！　あの男をとめてくれ！　気がふれたのだ！

エレーナとワーニャ、戸口で争う。

エレーナ （ピストルをもぎとろうとして）およこしなさい！　およこしなさいってば！

ワーニャ 放して、エレーン！　放せってば！　（振りもぎって、舞台へ走《は》せ入り、きょろきょろとセレブリャコーフを捜す）どこだ、あいつは？　やつめ、そこにいるな！　（彼をめがけて撃つ）見ろ！　（間）駄目か？　また、しくじったか?!　（憤然と）ええ、ちっ、畜生。（ピストルを床へ投げつけ、よろよろっと椅子《いす》に坐《すわ》りこむ）

セレブリャコーフ茫然。エレーナは壁にもたれて、半病人の有様。

エレーナ　どこかへ連れて行って！　連れて行って、いっそ殺してちょうだい。……とてももう、あたしここにはいられない、いられない！

ワーニャ　(悲痛な声で) ああ、おれはどうしたんだ！　どうしたんだ！

ソーニャ　(小声で) ばあや！　ばあや！

――幕――

第四幕

ワーニャの部屋。かれ自身の寝室であり、また地所の事務室でもある。窓べの大テーブルに、数冊の出納簿やいろんな書類が載っている。事務机、戸棚《とだな》、台秤《だいばかり》など。ほかにアーストロフ用のやや小型なテーブル。その上に製図用具や絵具、そばに大きな紙挟み。椋鳥《むくどり》を入れた鳥《とり》籠《かご》。壁には、誰にも用のなさそうなアフリカの地図。レザー張りのばかでっかい長椅子《ながいす》。左手に、奥の間へ通じるドア。右手に、玄関へ出るドア。右手のドアのところには、百姓たちがよごさないように、靴ふきマット。——秋の夕暮。静寂。

テレーギンとマリーナ、向い合せに腰かけ、靴下の毛糸を巻いている。

テレーギン 早くおしよ、ばあやさん。そろそろお別れに呼び出される時刻だよ。もう馬車を回すようにって、お声がかかったからね。

マリーナ (早く巻こうとしながら) あとちょっぴりだよ。

テレーギン ハリコフへ行きなさるんだとさ。あすこで暮しなさるんだね。

マリーナ それがいいのさ。

テレーギン　びっくらなすったんだねえ。……エレーナさんは、「もう一刻だって、ここにはいられない……発《た》ちましょう、さあ発ちましょうよ。……とりあえずハリコフへ行ってみて、住めそうな様子だったら、荷物をとりに人をよこせばいいわ……」と、こうおっしゃるんだ。だから、ほんの身の周《まわ》りの物だけ持って発ちなさるんだよ。まあ結局、ねえばあやさん、あのご夫婦はここじゃ暮せない随性《ずいしょう》だったんだね。そうした随性だったんだね。……これも前世の約束ごとさ。

マリーナ　それがいいのさ。さっきのあの騒ぎといったら――ピストルまで振回してさ。いい恥っさらしだよ。

テレーギン　アイヴァゾーフスキイあたりに描かせたら、さぞいい嵐《あらし》の絵ができるだろうねえ。

マリーナ　二度とこの目で見たくないものさ。（間）これでまた、もとどおりの暮しができるわけさね。朝は八時前にお茶。十二時すぎにはお昼。暮がたには晩の食事。ばんじ世間の人さまなみに……きちんきちんとやってゆけますよ。……（ため息《いき》をついて）わたしゃもう久しいこと、お素麺《そうめん》を食べないよ、情けないったらありゃしない。

テレーギン　まったくね、長く素麵を打たなかったなあ。（間）長らくねえ。……けさもね、ばあやさん、わたしが村を歩いていると、あの店の亭主がうしろからね、「やあい、居候《いそうろう》!」って、はやすじゃないか。つくづく、つらくなったよ。

マリーナ　ほっておきよ、そんなやつ。わたしたちはみんな、神さまの居候じゃないか。あんたも、ソーニャちゃんも、ワーニャさんも——誰一人として、安閑と坐《すわ》っている者はないよ、みんなせっせと働いていなさるんだよ。誰も彼も。……ソーニャちゃんはどこにいなさる?

テレーギン　庭だよ。ドクトルと一緒に、ワーニャさんを捜しに歩いていなさるんだよ。万が一、自殺でもされたら困るからねえ。

マリーナ　ピストルはどうしたの。

テレーギン　(ひそひそ声で)わたしが穴倉へ匿《かく》したよ。

マリーナ　(薄笑いして)罪なこった!

表からワーニャとアーストロフがはいってくる。

ワーニャ　ほっといてくれったら。(マリーナとテレーギンに)あっちへ行ってくれ、せめて一時間でも、僕を一人で置いてくれよ。こう見張りつきじゃまったくやりきれん。

テレーギン　すぐ行くよ、ワーニャ。（爪《つま》さき立ちで退場）

マリーナ　鵞鳥《がちょう》が、ガア、ガア、ガア！　（毛糸をまとめて退場）

ワーニャ　君もかまわんでくれったら。

アーストロフ　それはこっちから頼みたいくらいだ。なにしろ僕は、もうとっくに家へ帰らなけりゃならない人間なんだからね。ところが、最前から幾度も言うとおり、君が取ったものを返してくれない限り、僕は帰るわけにはゆかないんだ。

ワーニャ　何も取りゃしないよ。

アーストロフ　ばかもいいかげんにしたまえ——そう人をじらすもんじゃないよ。僕は早く帰らなきゃならないんだぜ。

ワーニャ　なんにも取りゃしないったら。

アーストロフ　へえ、そうかい？　じゃ、もうちょっとだけ待ってやろう。その上は、済まないけれど、力ずくで取返すから、そう思い給《たま》え。君をふん縛って、それから捜すんだ。僕は本気で言ってるんだぜ。

ワーニャ　どうなりと好きにするさ。（間）まったく、へまをやったものだなあ。二度も撃ちながら、一発もあたらないなんて！　われながら愛想がつきたよ。

アーストロフ　そんなに撃ちたいんなら、いっそのこと、自分の眉間《みけん》をぶち抜くがいいさ。
ワーニャ　（肩をすくめて）どうも変だよ。僕は人殺しをやりかけたのに、縛ろうとも訴えようともする人がない。つまりは、僕を気ちがい扱いにしているわけだな。（毒々しい笑い）この僕が気ちがいで、その一方、大学教授だとか大学者だとかいうお面をかぶって、まんまと自分の鈍才ぶりやばかさかげんや、呆《あき》れ返った不人情ぶりをごまかしているやつが、真人間だというのかい。わざわざ年寄りのところへ嫁に来て、人前で堂々と現在の亭主を裏切るような女が、真人間だというのかい。僕は見たぜ、ちゃんとこの眼で見たぜ、君があの女を抱いてるところをさ。
アーストロフ　いかにも、そのとおり、抱きましたとも。ところが君は、ほら、これさ。（鼻をつまんで見せる。――振られたという仕草）
ワーニャ　（ドアを見ながら）へん、気がふれてるのはこの地球のほうさ、のめのめと君たちを生かしとくなんてね。
アーストロフ　ちえっ、何をばかな。
ワーニャ　まあ仕方がないさ――どうせ僕は気ちがいなんだから、責任を負う力もないし、どんなばかを言ったっていいわけだ。

アーストロフ　その手は古いよ。君は気ちがいどころか、つむじのまがった唐変木《とうへんぼく》だよ。まったく、ふざけた男だよ。僕は前にゃ、唐変木というやつは、みんな常軌を逸した病人ばかりかと思っていたが、今日《こんにち》ではもう、人間のノーマルな状態が、すなわち唐変木なんだと、そう意見を変更したね。君はまったくノーマルな男だよ。

ワーニャ　（両手で顔をおおう）恥ずかしい！　この僕の恥ずかしさが、君にわかってもらえたらなあ！　恥ずかしい、まったく恥ずかしい。（やるせない声で）ああ、たまらない！　（テーブルにうなだれる）一体どうしたらいいんだ。どうしたら。

アーストロフ　まあ、仕方がないさ。

ワーニャ　どうにかしてくれ！　ああ、やりきれん。……僕はもう四十七だ。仮に、六十まで生きるとすると、まだあと十三年ある。長いなあ！　その十三年を、僕はどう生きていけばいいんだ。どんなことをして、その日その日をうずめていったらいいんだ。ねえ、君……（ぐいと相手の手を握って）わかるかい、せめてこの余生を、何か今までと違ったやり口で、送れたらなあ。きれいに晴れわたった、しんとした朝、目がさめて、さあこれから新規蒔直《まきなお》しだ、過ぎたことはいっさい忘れた、煙みたいに消えてしまった、と思うことができたらなあ。（泣く）君、教えてくれ、一体どうしたら、新規蒔直しになるんだ。……どうしたらいいんだ。……

アーストロフ　(腹だたしく) ちえっ、しようのない男だなあ。今さら新規蒔直しも何もあるものか。君にしたって僕にしたって、もうこれで、おしまいだよ。
ワーニャ　やっぱりそうか。
アーストロフ　ああ、断じてね。
ワーニャ　そこを、なんとかしてくれ。……(胸をさして) ここが焼けつくようなんだ。
アーストロフ　(癇癪《かんしゃく》まぎれにどなる) よせったら！　(言葉を柔らげて) そりゃ百年二百年たったあとで、この世に生れてくる人たちは、みじめなわれわれが、こんなにばかしい、こんなに味けない生涯を送ったことを、さだめし軽蔑《けいべつ》するだろう。そして、なんとか仕合せにやっていく手を、見つけだすかもしれない。だが、われわれは結局……。いや、われわれにはお互い、たった一つだけ希望がある。その希望というのは、われわれがお棺の中で目をつぶったとき、何か幻が、訪れてきてくれはしまいかということだ。それも、何かしら楽しい幻がね。(ため息をついて) まったくだよ、君。この郡内で、しゃんとした、頭のある人間といったら、君と僕と、たった二人しきゃいなかったものだ。ところがどうだ、この十年ほどの俗っぽい下劣な生活のおかげで、まんまとわれわれも、泥んこの中へ引きずり込まれてしまったじゃないか。その毒気に当てられて、僕たちは骨の髄まで腐っちまったじゃないか。

そしてお互い、世間なみの凡俗に成り下っちまったじゃないか。（早口に）いや、しかし、こんなことじゃ誤魔かされんぞ。さ早く、あれを返したまえ。

ワーニャ　何も取りゃしないというのに。

アーストロフ　いいや君は、僕の薬箱のなかから、モルヒネの壜《びん》を取ったんだ。（間）いいかね、君がもし、どうあっても自殺したいと言うのなら、森の中へ行って、ずどんと一発やるがいいさ。だが、あのモルヒネだけは返してくれ。さもないと世間の口がうるさいからね。まるで僕がわざわざ君にやったみたいに言われちゃ、かなわないからね。……僕はいずれ、君の死骸《しがい》の解剖をしなけりゃなるまい、それだけでもう沢山だよ。……くそ面白くもない。

ソーニャ登場。

ワーニャ　ほっといてくれったら。

アーストロフ　（ソーニャに）ねえソーニャさん。あなたの伯父さんは、僕の薬箱のなかからモルヒネを一壜ちょろまかしておきながら、どうしても返してくれないんですよ。言って聞かしてください、ばかなまねも……いいかげんにしろってね。だいいち僕は、こうしちゃいられないんです。早く帰らなくちゃ。
ソーニャ　ワーニャ伯父さん、ほんとにお取りになったの？（間）
アーストロフ　取ったんですよ。ちゃんとわかってる。
ソーニャ　お出しなさい。なぜそう、わたしたちをおどかしてばかりいらっしゃるの？（優しく）ね、お出しなさいね。ワーニャ伯父さん！　そりゃわたしだって、あなたに負けないくらい不仕合せかもしれないわ。けれども私は、やけになったりはしません。じっとこらえて、しぜんに一生の終りがくるまで、がまんしとおすつもりですわ。……あなたも我慢なすってね。（間）さ、出してちょうだい！（伯父の両手にキスする）ね伯父さん、お願い、いい子だから出してちょうだい！（泣く）伯父さんはいい人ね、あたしたちを、可哀《かわい》そうだと思って出してちょうだい。我慢してね、伯父さん、我慢してね！
ワーニャ　（テーブルの抽斗《ひきだし》から壜を出して、アーストロフに渡す）さ、持っていきたまえ！（ソーニャに）ところで、早く働こうじゃないか、一刻も早く、何か始めようじゃないか。さもないと、とてもこのままじゃ堪《たま》らない……とても駄目だ……
ソーニャ　ええ、ええ、働きましょうね。お父さまたちが発《た》っていらしたら、さっそく仕事にかかりましょうね。……（テーブルの上の書類を、いらだたしく選《え》り分けながら）すっかり投げやりになっているわ。

アーストロフ　（壜を薬箱に納め、革紐《かわひも》をしめる）さあ、これでやっと帰れると。

エレーナ　（登場）まあワーニャさん、ここにいらしたの？　わたしども、もう発ちますから、アレクサンドルのところへいらしてちょうだいな。何かお話があると言ってますわ。

ソーニャ　行ってらっしゃいね、ワーニャ伯父さん。（ワーニャの脇《わき》をかかえる）さ、行きましょう。お父さまと仲直りなさらなくちゃ駄目よ。ね、そうでしょう。

ソーニャとワーニャ退場。

エレーナ　じゃ、これでもう発ちますわ。（アーストロフに手を差しだす）ご機嫌よう。

アーストロフ　もうですか？

エレーナ　馬車の支度もできましたわ。

アーストロフ　さようなら。

エレーナ　さっき約束してくださいましたわね、もうここへはいらっしゃらないって。

アーストロフ　ええ、忘れやしません。（間）びっくりなすったですか？　（女の手をとる）そんなに怖《こわ》かったですか？

エレーナ ええ。

アーストロフ いっそこのまま、ここにおられたらどうです、ええ？ そしてあす、あの森の番小屋で……

エレーナ いいえ。……もう決りましたわ。……もう発つことに決ったからこそ、こうして大胆に、あなたのお顔を見ていられるのよ。……この上、たった一つのお願いは、このあたしを、ちゃんと見直して頂きたいことだけ。あたし、変な女と思われていたくないの。

アーストロフ ちえっ、しようのない人だ！（じれったそうな身ぶり）お願いだから、このままここにいてください。いいですか、あなたはこの世で、何ひとつする仕事のない人だ。何ひとつ生きる目当てのない人だ。何ひとつ気のまぎれることのない人だ。だから晩《おそ》かれ早かれ、所詮《しょせん》は情に負けてしまう人なんだ、――これは、ちゃんと決ったことなんです。どうせそうなるからには、ハリコフだのクールスクだのという町よりか、いっそこの、自然のふところにいだかれた土地のほうが、百倍も千倍も増しじゃないですか。……すくなくも、そのほうが詩的だし、ずっと美しいじゃないですか。……ここには森小屋もある、ツルゲーネフ好みの崩れかかった地主屋敷もある。……

エレーナ　おかしなかたねえ、あなたも。……聞けば聞くほど腹がたつわ。……でもあたし……きっとあなたのことは、嬉《うれ》しい思い出になると思うの。あなたは面白い風変りなかただわ。もうこの先、二度とお目にかかることはないでしょう。だから――だから思いきって言いますけれど、あたし、いささか、あなたにぽうっとなったくらいよ。さ、仲よく握手をして、それでお別れにしましょうね。悪く思いっこなし。

アーストロフ　（手を握って）ええ、お発ちなさいとも。……（物思わしげに）まったくあなたという人は、根が実直な、いい人のようじゃあるけれど、そのくせなんだかこう、不思議なところのある人だなあ。現に、あなたがご亭主といっしょにここへ見えると、それまでせっせと働いて、その辺をごそごそやって、何かこう仕事らしいことをしていた連中が、忽《たちま》ちみんな仕事をうっちゃらかして、まるひと夏というもの、ご主人の痛風だの、あなたのことだので、無我夢中になってしまうんだからなあ。あなたがた夫婦のぐうたらな暮しぶりが、みんなにうつっちまったんだからなあ。僕はすっかりのぼせあがって、まる一ト月というもの、何ひとつやらなかった。そのあいだに、病人は、うじゃうじゃ出てくる。僕の森や苗木の林じゃ、百姓が牛や馬を放し飼いにする。……まあ、こんな具合に、あなたがた夫婦という人は、どこへ行っても、そこの暮しをめちゃめちゃにするんですねえ。……いや、もちろんこれは冗談。だが、しかし、……どうも不思議だなあ。もしこの上、あなたがたがここに居坐《いすわ》っていたら、それこそ何もかも、ごっそり行かれてしまうことでしょうねえ。僕の身も破滅だろうし、あなただっても、どうせろくなことはないでしょうよ。さ、さっさとお発ちなさい。もう芝居は沢山！

エレーナ　（アーストロフのテーブルから鉛筆を取りあげ、すばやく胸にかくす）この鉛筆、記念に頂いとくわ。

アーストロフ　どうも不思議だ。……せっかくこうして知り合いになったものが、いち夜明ければもう……二度と会うこともない赤の他人だなんて。これが人生というものかもしれない。……誰もいないうちに、またワーニャ伯父さんが花束をかかえてはいってこないうちに、お願いですから一ぺんだけ……キスをさせてください。……お別れのしるしに……いいでしょう？　（女の頰にキスする）ああ、これで……もういい。

エレーナ　ご機嫌よう。（あたりを見回して）ええ、構やしない、一生に一度だわ！　（いきなり男を抱きしめる。途端にさっと離れる）もう行かなくては。

アーストロフ　早く発ってください。馬車の用意ができたのなら、さあ早く発ってください。

エレーナ　誰かこっちへ来るわ。（両人、聴き耳をたてる）

アーストロフ　これでおしまい！

セレブリャコーフ、ワーニャ、本を手にしたヴォイニーツカヤ夫人、テレーギン、ソーニャ登場。

セレブリャコーフ　（ワーニャに）古いことをかれこれ言いだすやつは、目がつぶれてしまうがいいんだ。あの騒動があってこのかた、ほんの四、五時間のあいだに、わたしはつくづく悟るところがあった。しみじみ考え直すところがあった。人間いかに生くべきかということについて、後世への遺訓ともなるべき一大論文だって、書こうと思えば書けるぐらいだ。わたしは喜んで君の詫《わ》び言葉を受入れます。と同時に、こちらからも厚くお詫びを申述べたい。ではご機嫌よう！（ワーニャに三度接吻《せっぷん》する）

ワーニャ　この先も月々の仕送りは、ちゃんと今までどおりにしますよ。何もかも水に流してね。

エレーナ、ソーニャを抱きしめる。

セレブリャコーフ　（ヴォイニーツカヤ夫人の手に接吻する）では、お母さん……

ヴォイニーツカヤ夫人　（接吻を返して）アレクサンドル、また写真をとって、送ってくださいよ。わたしの気持は、よくご存じのはずだね。

テレーギン　では御前さま、ご機嫌よろしゅう。どうぞ、わたくしどもをお忘れなく！

セレブリャコーフ　（ソーニャに接吻して）さようなら。……皆さん、ご機嫌よう！（アーストロフに手を差しのべて）楽しくご交際を頂いてありがとう。……わたしはもとより、あなたの物の考えようや、あなたの熱心や感激性を、大いに尊重します。だが一つだけ、この年に免じて、お別れのしるしに、一言《いちごん》忠告をゆるして頂きたい。皆さん、仕事をしなければいけませんぞ！　仕事をしなければ！（一同に頭を下げる）ではご機嫌よう！（退場）

ヴォイニーツカヤ夫人とソーニャ、その後にしたがう。

ワーニャ　（エレーナの手にひしと接吻して）さようなら。……赦《ゆる》してください。……二度とお目にかかる時はありますまい。
エレーナ　（涙ぐんで）さよなら、ワーニャさん。（ワーニャの髪に接吻して退場）
アーストロフ　（テレーギンに）ねえワッフル、おもてへ行って、ついでに僕の馬車も、回してくれるように言ってくれないか。
テレーギン　ああ、いいともさ。（退場）

アーストロフとワーニャの二人だけ残る。

アーストロフ　（テーブルの上の絵具を片づけて、トランクの中にしまう）どうして見送りに出ないんだね？
ワーニャ　このまま発って行くがいいのさ。とても僕には……いや駄目だ。つらいんだよ。さ、一刻も早く何かしなくちゃ。……仕事だ、仕事だ！（テーブルの上の書類を引っかきまわす）

間。馬車の鈴の音。

アーストロフ　行ってしまった。教授閣下、さぞ嬉しいこったろう。もう二度とふたたび、ここへは足踏みもしないだろうて。

マリーナ　（登場）お発ちになりましたよ。（肘かけ椅子にかけて、靴下を編む）

ソーニャ　（登場）お発ちになってよ。（目を拭《ふ》く）道中ご無事でね。（伯父に）さあ、ワーニャ伯父さん、仕事をはじめましょうね。

ワーニャ　そう、仕事だ、仕事だ。……

ソーニャ　もうずいぶん永いこと、ご一緒にこのテーブルに坐らなかったことねえ、ずいぶん永いこと。（テーブルの上のランプに火を入れる）あら、インキがないらしい。……（インキ壺《つぼ》を取って戸棚の前へ行き、インキを入れる）なんだか淋《さび》しいわ、こうしてお発ちになってしまうと。

ヴォイニーツカヤ夫人　（そろそろと登場）行ってしまった！（腰をおろして読みふける）

ソーニャ　（テーブルに向って腰かけ、帳簿をめくる）じゃあ、ワーニャ伯父さん、勘定書から始めましょうね。すっかり、ほったらかしになってるわ。今日も勘定書を取りに来た人があるのよ。じゃ書いてくださいね。あなたはそっち、わたしはこっちを書くわ。……

ワーニャ　（書く）「一つ……ええと……」

両人無言のままペンを走らす。

マリーナ　（あくびをして）ああ、睡《ねむ》いこと。……

アーストロフ　静かだなあ。ペンのきしる音と、コオロギの啼《な》きごえがするだけだ。ほかほかして、いい気持だ。……なんだか帰っていく気がしないなあ。（馬車の鈴の音）いや、馬車が来た。……仕方がない。じゃ皆さん、ご機嫌よう。ついでに私の机もご機嫌よう。――あとは、夜道をすっ飛ばすだけです。（図面を紙挟《ばさ》みに納める）

マリーナ　何もそう、あわてなさらないでも。まあ、ごゆるりとなさいましよ。

アーストロフ　そうはいかないんだ。

ワーニャ　（書きながら）ええと、未払金の残額、二ルーブリ七十五也《なり》と……

下男登場。

下男　アーストロフ先生、馬車の用意ができやした。

アーストロフ　わかったよ。（薬箱、トランク、紙挟みを下男に渡す）じゃ、これを頼む。紙挟みをつぶさんでくれよ。

下男　へえ。（退場）

アーストロフ　じゃ、これで……（と、別れを告げに進む）

ソーニャ　この次は、いつお目にかかれて？

アーストロフ　まあ、来年の夏でしょうな。この冬は、まずもって見込みがなさそうです。……もっとも、何かあったらお知らせ願いますよ——即刻、駆けつけますからね。（握手する）いろいろとおもてなしを頂いたり、親切にして頂いたり……お礼の申上げようもありません。（乳母のそばへ行き、その髪に接吻する）ご機嫌よう、ばあやさん。

マリーナ　まああ、お茶もあがらずにお発ちですか？

アーストロフ　いや、いいんだよ、ばあや。

マリーナ　では、ウオトカでも一つ。

アーストロフ　（決しかねて）そうさなあ。……

マリーナ退場。

アーストロフ　（間をおいて）僕の馬車のね、副《そ》え馬のやつが、どうやらびっこを引いているんだ。きのう、うちの馭者《ぎょしゃ》が、水を飲ませに連れて行く時から、気がついていたんだがね。

ワーニャ　蹄鉄《ていてつ》を打ち直すんだね。

アーストロフ　ロジジェストヴェンノエ村で、鍛冶屋《かじや》に寄って行かなくちゃなるまい。まあ仕方がない。（アフリカ地図の前へ行って眺める）今ごろはこのアフリカじゃ、さだめて焼けつくような暑さなんだろうな――まったくかなわんなあ！

ワーニャ　ああ、そうだろう。

マリーナ　（ウオトカの杯とパンを一きれ載せた盆をささげて戻ってくる）さあさ、めしあがれ。

アーストロフ、ウオトカを飲む。

マリーナ　どうぞご息災でね、旦那《だんな》。（低く辞儀をする）パンもちっとめしあがったら。

アーストロフ　いいや、もう沢山。……では皆さん、ご機嫌よう。（マリーナに）送っ

てこないでもいいよ、ばあやさん。いいんだよ。（退場）

ソーニャ蠟燭《ろうそく》をもって見送ってゆく。乳母は肘掛椅子《ひじかけいす》に腰をおろす。

ワーニャ　（書く）ええと、二月二日、精進油《しょうじんゆ》二貫五百目。……二月十六日、またも精進油二貫五百目。……それから碾割《ひきわ》りソバがと……（間）

馬車の鈴。

マリーナ　あ、お発《た》ちだ。

間。

ソーニャ　（戻ってきて、蠟燭をテーブルに立てて）お発ちになったわ。……

ワーニャ　（算盤《そろばん》をはじいて書きつける）ええと、締めて……八十五ルーブリと……二十五コペイカ也……

ソーニャも腰かけて書く。

マリーナ　（あくびをする）ああ、神さま、どうぞお赦しを……

テレーギン、つまさき立ちで登場。ドアの横に腰をおろして、そっとギターの調子を合せる。

ワーニャ　（ソーニャの髪の毛を撫《な》でながら）ソーニャ、わたしはつらい。わたしのこのつらさがわかってくれたらなあ！

ソーニャ　でも、仕方がないわ、生きていかなければ！（間）ね、ワーニャ伯父さん、生きていきましょうよ。長い、はてしないその日その日を、いつ明けるとも知れない夜また夜を、じっと生き通していきましょうね。運命がわたしたちにくだす試みを、辛抱づよく、じっとこらえて行きましょうね。今のうちも、やがて年をとってからも、片時も休まずに、人のために働きましょうね。そして、やがてその時が来たら、素直に死んで行きましょうね。あの世へ行ったら、どんなに私たちが苦しかったか、どんなに涙を流したか、どんなにつらい一生を送って来たか、それを残らず申上げましょうね。すると神さまは、まあ気の毒に、と思ってくださる。その時こそ伯父さん、ねえ伯父さん、あなたにも私にも、明るい、すばらしい、なんとも言えない生活がひらけて、まあ嬉《うれ》しい！　と、思わず声をあげるのよ。そして現在の不仕合せな暮しを、なつかしく、ほほえましく振返って、私たち――ほっと息がつけるんだわ。わたし、ほんとにそう思うの、伯父さん。心底から、燃えるように、焼けつくように、私そう思うの。……（伯父の前に膝をついて頭を相手の両手にあずけながら、精根つきた声で）ほっと息がつけるんだわ！

テレーギン、忍び音にギターを弾く。

ソーニャ　ほっと息がつけるんだわ！　その時、わたしたちの耳には、神さまの御使《みつかい》たちの声がひびいて、空一面きらきらしたダイヤモンドでいっぱいになる。そして私たちの見ている前で、この世の中の悪いものがみんな、私たちの悩みも、苦しみも、残らずみんな――世界じゅうに満ちひろがる神さまの大きなお慈悲のなかに、呑《の》みこまれてしまうの。そこでやっと、私たちの生活は、まるでお母さまがやさしく撫《な》でてくださるような、静かな、うっとりするような、ほんとに楽しいものになるのだわ。私そう思うの、どうしてもそう思うの。……（ハンカチで伯父の涙を拭いてやる）お気の毒なワーニャ伯父さん、いけないわ、泣いてらっしゃるのね。……（涙声で）あなたは一生涯、嬉しいことも楽しいことも、ついぞ知らずにいらしたのねえ。でも、もう少しよ、ワーニャ伯父さん、もう暫くの辛抱よ。……やがて、息がつけるんだわ。……（伯父を抱く）ほっと息がつけるんだわ！

夜番の拍子木《ひょうしぎ》の音。――テレーギン、忍び音に弾いている。ヴォイニーツカヤ夫人は、パンフレットの余白に何やら書きこんでいる。マリーナは靴下を編んでいる。

ソーニャ　ほっと息がつけるんだわ。

――静かに幕――

解　説

池田健太郎

この一冊には、アントン・チェーホフ（1860－1904）の戯曲『かもめ』と『ワーニャ伯父さん』が収録されている。この二作は、同じ新潮文庫のもう一冊に収められた『三人姉妹』、『桜の園』とともに普通チェーホフの四大劇と呼ばれて、演劇史上の傑作に数えられている。翻訳は亡《な》くなった神西清さんのもので、声価の高い名訳である。神西清さんの仕事については、もう一冊の解説のなかに触れられている。

最初に収めた『かもめ』は、チェーホフの四大劇の第一作で、一八九五年の晩秋に書かれた。作者が三十五歳の時の作品である。チェーホフはそれ以前に『熊《くま》』、『結婚申込み』を含む数編の一幕物のほか、四幕戯曲を三編、書いている。最初が仮の題を『プラトーノフ』という、学生時代に書かれた習作戯曲（一八八一年）であり、次が十九世紀後半の余計者の自殺を描いた『イワーノフ』（一八八七年）、最後が田園生活のメロドラマ『森の主』（一八八九年）である。このうち『森の主』はのちに改作されて『ワーニャ伯父さん』になった。『かもめ』は従ってこれらのチェーホフの多幕物の系譜のうえでは第四作にあたるわけであるが、『森の主』の執筆後、六年たって書かれた『かもめ』においてチェーホフの作劇術は突然、目を見はるばかりの成熟ぶりを示し、ここにはじめてチェーホフの戯曲は彼独特の世界――いわゆるチェーホフ的な静劇の世界――を繰りひろげたのである。

『かもめ』のなかの女優志望の娘ニーナの悲恋にはモデルがある。もっとも『かもめ』という戯曲そのものがいわば恋と情事の戯曲であって、十人のおもな登場人物のうち八人までが劇中で恋または情事におちいり、その入り組んだ人間関係の織りなす日常生活が戯曲を構成している事情を考慮に入れるならば、ニーナの悲恋だけを取上げて『かもめ』をモデル劇と呼ぶことは適当でないけれども、広い意味での戯曲の筋である彼女の悲恋は、この戯曲の意味を考えるうえできわめて暗示的な役割を持っている。まずニーナのモデルであるが、チェーホフの妹マリヤの友人にリジヤ・ミジーノワ、通称をリカという、声楽家志望の、若い美しい女性がいた。こんにち残っている写真からも目もとの涼しいふくよかな美しい娘であることが知られるが、はじめてマリヤを訪《たず》ねて来た時、チェーホフと弟が彼女の姿を見ようと入れ代り何度も妹の部屋のドアを用事ありげにあけたので、チェーホフの家はなんという大家族なのだろうと彼女が思ったという逸話が伝えられているほどの美人であった。やがてリカはチェーホフを恋した。ところがこの恋が報いられなかったので、彼女はチェーホフ家で知りあった妻子ある作家ポターペンコに身をまかせ、子供を生んで捨てられ、まもなくその子供にも死なれた。一八九四年秋のことである。チェーホフは自分にもその一部に責任のあるこの友人たちの情事に困惑とにがにがしさを感じたが、一年後に書かれた『かもめ』のなかで、この事件をニーナと流行作家トリゴーリンの恋という形で使用したのである。

さて、劇中の女優志望の娘ニーナの悲恋は、このように作者の身近に起った現実の事件を下敷にしているが、実はこの悲恋のテーマはチェーホフ中期の代表的な小説『退屈な話』（一八八九年）のなかで、すでにきわめて類似した形で取扱われたテーマの繰返しなのである。この小説は、退職老教授のわびしい心境を冷やかに描き出した名作で、今や全く時代おくれとなった独断的なかつての流行批評家シェストフが、チェーホフを絶望の詩人と断罪し、彼の創作を《虚無よりの創造》と名づけたその論証の実例に用いた作品であるが、この小説のなかに老教授の養女で、カーチャという女優志望の若い魅力的な娘が登場する。そうして彼女は『かもめ』のニーナと同様に名声にあこがれて家を出て劇団に加わり、男に身をまかせて子供を生み、やがて男にも捨てられ子供にも死なれて絶望におちいる。この点ではふたりの娘——カーチャとニーナの悲恋は同一の経路をたどっていると言えるが、重要なのはその結末の相違である。六年前に書かれた小説のなかでは、女優を志して挫折《ざせつ》し絶望におちいったカーチャは、ある日、旅先に老教授を追って来て、「私はもうこんなふうに生きて行くことはできない」と絶叫しながら、「私はこれからどうすればいいのか」と涙ながらにたずねる。それに対して養父である人生経験ゆたかなはずの老教授は何の助言も与えることができずに、ただ「私にはわからない」と答え、娘はそのまま寂しく立ち去って行く。これがこの小説の名高い結末であり、それは疲労して人生の意義を見失った中期のチェーホフその人の苦悶《くもん》と懐疑に明け暮れた心境を如実に表わしているのだが、サハリン島旅行（一八九〇年）をはさんでチェーホフが次第に社会的に目ざめて行ったその六年後の『かもめ』においては、挫折し絶望におちいったニーナは、終幕で今や自分がどうすればいいかを知っている。すなわち彼女は自分の仕事にとって大切なものが、かつて夢見た晴れがましい名声や栄光ではなく〈忍耐力〉であることをすでに知っているのだ。このニーナの信念は、『かもめ』のなかではほんの短いせりふで語られているに過ぎないけれども、チェーホフ独特の鬱屈《うっくつ》した暗い戯曲の雰囲気《ふんいき》のなかできらきらと輝いている。忍耐力だけで人は大女優にも大作家にもなれるはずはないが、絶望からの脱出、絶望からの救いが忍耐にあると知ったところにカーチャからニーナへの成長が見られ、またそこに作者チェーホフの文学的、人生的な脱皮が認められるだろう。そうしてまたこの絶望という重苦しい暗い状況から忍耐の必要を知り、その忍耐から希望の必要へ、明るい未来への信念の必要へと転じるその移行が、チェーホフ四大劇の主調低音であるとも言えるのである。

ニーナの描き方に作者自身の人生観の裏打ちが認められたのと同様に、『かもめ』には作者の人生観や芸術観との結びつきを持つ情景やせりふが多い。批評家はこの戯曲をチェーホフの最も私的な作品と呼んでいる。たとえば、第三幕でニーナが本の名前とページ数をしるしたロケットをトリゴーリンに贈るエピソードは、一時チェーホフに恋した人妻で女流作家のリジヤ・アヴィーロワが実際にそういうロケットを贈った出来事から取られている。そのことはアヴィーロワの手記『私の生涯におけるチェーホフ』のなかに書かれている。また、劇中の医師ドールン、作家志望の青年トレープレフ、流行作家トリゴーリンらが語る芸術についての言葉はしばしば作者の芸術観を代弁しており、第二幕でトリゴーリンがニーナに話して聞かせる作家生活の内幕は、チェーホフ自身のものである。さらにまた、女優アルカージナの性格はポターペンコの妻の性格を写したものだという説もある。一方、第一幕で展開される青年トレープレフの書いた奇妙な劇中劇は、十九世紀末にはやったデカダン芸術のパロディと言われるが、現実の人生を素ッ飛ばしていきなり二十万年後の冷えきった宇宙のことを考える飛躍的な思索の仕方について、チェーホフは以前に書いた小説『ともしび』（一八八八年）のなかで年輩の技師にこんなことを語らせている。すなわち、数千年、数万年後の世界に思いを馳《は》せて現在の生のはかなさ、うつし世の無常を思う《空《くう》の空》といった思想は、人間の叡智《えいち》の到達する最高かつ窮極の段階であるけれども、それは同時に思索の停止する極点であり、人生老年に至ってはじめて持つべき思想である、青年がいたずらにそういう思索にふけると、豊かな色彩を持つ長い人生が無意味に思われてくる、と。劇中のトレープレフはそういう不幸な青年として描かれている。そうして冒頭の劇中劇はそういう思想を表わしていて青年のその後の運命を予知している。青年は現世的なあまりにも現世的な名声を追うニーナとは結局、異質な人間であり、終幕にいたってニーナが忍耐の必要を悟った時にも、人生の過程を堪え忍ぶ忍耐を彼は信じきれずに自殺するのである。

『森の主』から六年の歳月を経て、チェーホフは久しぶりに書いた戯曲『かもめ』のなかに新しい自分の文学観、人生観のすべてを盛り込んだ。だから一八九六年秋、この戯曲がアレクサンドリンスキイ劇場で初演されてさんざんの失敗に終った時、チェーホフはひどい打撃を受けた。この初演の失敗は、名優中心の当時の演劇界の風潮や、チェーホフ劇の真意を汲《く》み取ることのできなかった演出家、俳優、さらには作者に好意を持っていなかった観客たちの責任であると考えられるが、チェーホフは失笑の渦となった劇場をこっそりと抜け出して秋のペテルブルグの夜を一人寂しくさまよい、二度と戯曲の筆は取らぬという誓いを立てた。チェーホフに身びいきな妹マリヤは、彼の肺結核のその後の悪化をこの寒い秋の夜の彷徨《ほうこう》のせいにしている。『かもめ』がはじめて成功したのは、周知の通り二年後の一八九八年秋、スタニスラフスキイ、ネミローヴィチ＝ダンチェンコのひきいる新設のモスクワ芸術座の再演の舞台である。モスクワ芸術座は名優中心の当時の演劇界の風潮に逆らって、作品の徹底的な理解と、俳優が役柄に生きる新しい演出、新しい演技をその信条として、アンサンブルと雰囲気の要求されるチェーホフ劇の真価を舞台に表現してみせたのである。モスクワ芸術座の座章である飛翔《ひしょう》するかもめのマークは、この歴史的な『かもめ』再演の成功の記念であり、またこの成功はチェーホフを再び劇作に呼び戻すことになった。

『かもめ』のなかに見られるチェーホフの作家的な成長、絶望から忍耐へのテーマが一層あざやかに認められるのが、四大劇の第二作『ワーニャ伯父さん』である。この戯曲はまた、前作『かもめ』が主として芸術と名声の問題を通して作者独特の人生への洞察を表現していたのに比べて、人間の労働という一層社会的な問題をふまえて、一方においては痛風病みの老教授と若く優美なその後妻、一方においては一生を領地の経営に捧《ささ》げたワーニャ伯父さんとその姪《めい》ソーニャ、さらにはロシアの森の将来を気づかう医師アーストロフ、こうした対照的な人物配置の上に、チェーホフ独特の静劇の世界を築きあげている。チェーホフ的な静劇とは、よく指摘されるように、これといった顕著な筋書も事件もなしに登場人物の日常生活とその会話で舞台の雰囲気を盛りあげて行く一種独特の作劇術であり、そのためには間《ま》の巧みなふんだんな利用や、音楽や効果の活用、抒情《じょじょう》的な簡潔で美しいせりふ、工夫され計算された対話の妙など、さまざまな技巧が用いられねばならないのだが、そうした作劇上の巧みさが作者自身の人生観と見事に結びついているところに、チェーホフの物静かな暗い戯曲の持つ異常な迫力、緊迫感があると言えるのである。そうして『ワーニャ伯父さん』には前に触れた通り幸い『森の主』という原案があるために、われわれは多少ともチェーホフの劇作の楽屋裏をうかがうことができるのである。

『ワーニャ伯父さん』がはじめて発表されたのは、一八九七年秋に出版された『チェーホフ戯曲集』のなかであるが、八年前に書かれた田園生活の不出来なメロドラマ『森の主』をチェーホフがいつ改作したかは、こんにち知られていない。通説では『かもめ』執筆の年か、翌一八九六年であろうと言われている。戯曲『森の主』は、『ワーニャ伯父さん』よりも五人ほど登場人物の多い四幕劇で、物語の骨子はだいたい『ワーニャ伯父さん』と同じであるが、改作のさい姿を消した一組の男女の恋愛の筋があり、また美しいソーニャと、アーストロフの原型であるフルシチョーフ（森の主）とが互いに恋し合っており、したがって教授の若い妻エレーナに恋するのはワーニャ伯父さんだけである。そうしてワーニャ伯父さんは、一生汗水ながして領地の経営に従事した自分の努力が老教授によって無視され、領地の売却が提案された時（これは改作でも同様である）、激昂《げっこう》し絶望におちいって、ピストル自殺をとげる。この事件に衝撃を受けた老教授の若い妻エレーナは家出してジャージン（改作のテレーギン）の水車小屋に身を隠すが、やがてある晴れた日に（終幕）水車小屋のほとりで行われたピクニックの野外食事の席で無事にもとの鞘《さや》におさまり、フルシチョーフとソーニャはめでたく恋を実らせ、もう一組の男女も同様に結ばれる。いわばワーニャ伯父さんの自殺を除いては、登場人物たちが幸福に終るハッピーエンドの戯曲と言うことができる。この戯曲は書きあげられた直後にモスクワ小劇場に持ち込まれたが、「美しいドラマタイズされた中編小説ではあるがドラマではない」という批評を受け、上演を断わられた。『森の主』を上演したのは私設劇団だったが、評判は悪かった。のちにチェーホフは『森の主』について「この劇を私は憎悪《ぞうお》している、忘れようと努めている」と書いている。

『森の主』の改作の最もきわだった点は、旧作で絶望しピストル自殺したワーニャ伯父さんが、改作では自殺もならず残された人生をじっと堪え忍んで生きて行かねばならぬという、幕切れの大幅な作り変えにあると言えるだろう。そうして美しい娘から不器量な娘に書き変えられたソーニャが、アーストロフに対する失恋の痛手をおし殺しながら、「でも、仕方がないわ、生きていかなければ！」という言葉ではじまる名高い詠誦《えいしよう》的なせりふで失意のワーニャ伯父さんを慰める。この幕切れはまたこの戯曲の最も感動的な部分でもあるが、チェーホフは旧作を改作するにあたってふたたび二人の作中人物を故意に苦しい絶望のなかに突き落し、その絶望からの脱出、絶望の救いに忍耐の必要を悟らせたのである。しかも忍耐の必要が前作『かもめ』におけるよりも今や明らかに堂々と謳《うた》いあげられていることはわざわざ指摘するまでもあるまい。

絶望から忍耐へ――作中人物に課したこの同じ趣向を、チェーホフはさらに四大劇の第三作『三人姉妹』の幕切れでふたたび用いた。そうして『三人姉妹』においては、苦しい絶望的な現在を堪え忍ぶ忍耐が、のちの世に生れ出る人びとの喜びに変るという、一層広い全人類的な幸福の祈願となり、やがてこの祈願は最後の『桜の園』にいたって人類の明るい未来を信ずる確信へと転じて行く。それはまた作者チェーホフの変貌《へんぼう》でもあり、成長でもあったのである。

『ワーニャ伯父さん』は、『かもめ』再演の翌年、モスクワ芸術座によって上演され、大成功を博した。ゴーリキイはこの戯曲に感動して女のように泣いたと書いている。

（一九六七年春、ロシア文学者）

本作品集中には、今日の観点からみると差別的表現ととられかねない箇所が散見しますが、作品自体のもつ文学性ならびに芸術性、また訳者がすでに故人であるという事情に鑑み、原文どおりとしました。

（新潮文庫編集部）

新潮文庫最新刊

伊坂幸太郎著
ゴールデンスランバー
山本周五郎賞受賞
本屋大賞受賞

俺は犯人じゃない！　首相暗殺の濡れ衣をきせられ、巨大な陰謀に包囲された男。必死の逃走。スリル炸裂超弩級エンタテインメント。

畠中　恵著
いっちばん

病弱な若だんなが、大天狗に知恵比べを挑む！　妖たちも競い合ってお江戸の町を奔走。火花散らす五つの勝負を描くシリーズ第七弾。

吉田修一著
さよなら渓谷

緑豊かな渓谷を震撼させる幼児殺害事件。容疑者は母親？　呪わしい過去が結ぶ男女の罪と償いから、極限の愛を問う渾身の長編小説。

小手鞠るい著
好き、だからこそ

19歳の身体を心ごと奪ったゴンちゃん。その愛の記憶は別れて20年、いまも私を甘く苦しめる——。涙なしに読めない大人の愛の物語。

安住洋子著
日無坂

勘当された息子は、道ですれ違った翌日、動かぬ父と再会を果たす。あの父の背中は、何を語っていたのか。傑作人情時代小説。

田辺聖子著
薔薇の雨

もうこの恋は終わる、もうこの人とも離れてゆく——。別れの甘やかな悲しみを抒情豊かに描いた表題作を含む、絶品恋愛小説5篇。

Title : ЧАЙКА
ДЯДЯ ВАНЯ
Author : Антон П.Чехов

かもめ・ワーニャ伯父《おじ》さん

新潮文庫　チ - 1 - 2

昭和四十二年九月二十五日発行
平成十六年十一月二十五日四十六刷改版
平成二十二年十二月十日五十二刷

訳者　神《じん》西《ざい》清《きよし》

発行者　佐藤隆信

発行所　株式会社新潮社
郵便番号　一六二―八七一一
東京都新宿区矢来町七一
電話　編集部(〇三)三二六六―五四四〇
読者係(〇三)三二六六―五一一一
http://www.shinchosha.co.jp

価格はカバーに表示してあります。

乱丁・落丁本は、ご面倒ですが小社読者係宛ご送付ください。送料小社負担にてお取替えいたします。

印刷・三晃印刷株式会社　製本・株式会社大進堂
Printed in Japan

ISBN978-4-10-206502-0 C0197